春陽文庫

会津恋い鷹

皆川博子

目次

会津恋い鷹

I

ふいに、樹海がとぎれ、眼の前がひらけた。さよは、断崖のへりに立っていた。眼下の深い谷もまた、紅葉で埋められていた。紅い波はざわめき、一瞬、二つに押しわけられ、その空隙を風が走りぬけるのを、さよは視た。

風は、頭の上でも、鏑矢《かぶらや》がとび交《か》うように鳴った。仰ぐと、コメツガの巨木が聳《そび》え立ち、天にむかって伸びた迷路のような枝々が、力をこめて風に逆らっていた。さよも踏みひらいた足に力をこめた。風は、たくましいコメツガにも、十三歳の、まだ肉づきの薄いさよにも、容赦なく一様に吹きつけた。

この天頂《てっちょ》に、鷹の巣があるんし。

弥四郎が、ちょっと身をかがめ、さよの耳もとに小声で言った。

樹皮に似た硬い掌に唾を吐きつけ、弥四郎は、幾かかえもある幹にとりつき、よじのぼりはじめた。

樹の瘤《こぶ》に足をかけ身をささえ、腰に提《さ》げた縄束を解き、手鉤《てかぎ》のついた一端を投げ上げた。意志あるもののように縄はのびて、高い梢に巻きついた。片手を縄にからませ、軀《からだ》をたぐり上げる。ざわざわと揺れる青銅色の枝々が、天の高みに吸いこまれてゆく弥四郎をかくした。


…………


鷹の雛ァめっけたが。

土間《にわ》に入ってきた男がそう告げたとき、さよは、土間につづく板敷きの『おめい』で、祖母や七、八人の下働きの女たちに混り、苧《お》を績《う》んでいるところであった。苧を裂く手をとめてふりかえり、さよは、逆光のなかに立った背の高い若い男が、木地師《きじし》の弥四郎であることを認めたのだった。

ほの暗く沈んだ広い土間に、二間半四方の紙帳が吊され、そのなかに二斗張りの大臼を二つ据え、男衆が漆の実を搗《つ》いている最中で、荒ら荒らしい吐息の混った掛け声と搗き下ろす杵《きね》の音が、さよの軀にひびいていた。女たちは囲炉裏《ゆるい》をかこみ手をうごかしているのだが、大黒柱を背にした横座は、敬虔《けいけん》に空《あ》けてある。そこは、さよの父、横山家の当主である儀左衛門のほかは、侵すことをゆるされぬ席である。囲炉裏をはさんで横座とむかいあった木尻に女たちと膝を並べたさよは、背後の土間の様子に気をとられ、つい振りむいては、苧を裂く手がおろそかになる。

右手のかか座を占めた祖母は、細く裂かれた苧を口にくわえ、品のいい華奢《きやしや》な指で、たくみに端を縒《よ》りあわせ、一すじの糸につないでゆく。縒りあわされた苧は、鈍く光りながら曲物《まげもの》の桶に溜まる。囲炉裏の火がゆらぐたびに、女たちの影もゆらめきあった。

土間では、分家の仁兵衛が紙帳の外に仁王立ちになり、疲れて手を休めがちな男衆を叱咤《しった》する。仁兵衛は、当主儀左衛門の弟である。漆の樹液は会津特産の塗物に使われるが、実は、搗いて粉にした上で、蒸したり絞ったりして蠟《ろう》を採る。山深い会津南山御蔵《おくら》入《いり》の一帯が紅葉に燃えたつ晩秋は、生蠟の採取に忙しい時期であった。

弥四郎が声をかけても、仁兵衛は見むきもせず、作男頭の与平が、

「鷹の雛だと？　見まちがえただべし」と応じた。

「いまじぶん、鷹の雛がいるわけがねえと、俺も思ったがなも」

弥四郎は、語尾の尻上がりな、すっきりした声で言った。弥四郎にかぎらず、横山家に出入りする一条谷の木地師たちは、みな無口ではあるが音声はさわやかで、一条の鶯言葉と、里の者は呼んでいる。

「まちがいねえか」

「ねえ」

きっぱりとうなずかれ、

「どうしあすべ」

与平は仁兵衛にうかがいをたてた。

仁兵衛は聞こえよがしに舌打ちし、

「兄《あん》つぁ」と、『おめい』の次の間に声をかけた。

「木地屋が、鷹の雛をば見たと、告げに来たがなも」

赤みを帯びた樫の板戸のむこうは、南山野地組の肝煎《きもいり》（庄屋）である横山儀左衛門が役向きの仕事をする『中の間』と呼ばれる部屋で、儀左衛門は、惣領の儀一郎――さよの長兄――に手伝わせ、帳面の整理にあたっている。

「この忙《いそ》ましときに、雛ァめっけたと言われても、困るけんじょ、いたとあれば、うっちゃってもおけねべな、兄つぁ」

「獲《と》ってこうと言っちゃれ」

板戸越しに、儀左衛門の少し嗄《しわが》れた声が返ってきた。

「そんじぇえ、汝《にし》、獲ってこ」

仁兵衛は弥四郎に命じた。痘瘡《とうそう》の痕の深い仁兵衛は、眉がほとんど無いようにみえる。

「そたら、なんぼか銭《じえん》はァ、呉《け》るな」

弥四郎は念を押し、仁兵衛はあいまいに猪首をうごかした。

背をむけて出て行こうとする弥四郎に、おれも行く、と、さよは指先を揉みながら立ち上がった。苧がさらさらと膝から落ちた。

「危ねえとこだら、行くな」

祖母が叱ったが、聞き流して外に出た。

冬が近い空は青い氷をはりつめたようで、眩《まぶ》しさにさよは眼を閉じた。閉じても、青い光は瞼の裏にさしこんだ。

肝煎は、村を束ねると同時に、年貢の徴集だの夫役や普請《ふしん》人足の割りつけだの、入作質地の調べ、分限帳の記載といった、藩の下役人としての仕事も行なう。儀左衛門は更に、塩販売の株を持ち、土地の産物を集荷して若松城下の問屋に卸《おろ》し、地元の農民には、自給できぬ品々を売り、麻や紫蕨《ぜんまい》を手広く買いつけて江戸にはこんで売りさばき、高利をとって金を貸しもする。つまり、豪農であり、役人であり、商人と高利貸しをも兼ねているので、横山家には、さまざまな職種、さまざまな身分の人々の出入りがたえない。しかし、太い柱と梁《はり》でささえられた百坪にある母屋は、それらの喧騒をしんと吸いこみ、隅々には、昼でもかぐろい薄闇が蟠《わだかま》っている。そう、さよは感じるのだけれど、薄闇はさよにとって怖ろしいものではなかった。

儀左衛門はその上に、巣山とさだめられた山々の鳥見にも任じられており、鷹の成鳥や雛を発見したときは、捕えて若松城下の御鷹匠に届けねばならないのである。

松前、津軽、南部、仙台、秋田、新庄の諸藩とともに、会津藩も、江戸の将軍家に毎年御鷹を献上するつとめを負わされているということは、さよもきいていた。

以前は御鷹の野仕込みや巣鷹の捕獲などの野先御用の御鷹匠たちが、横山家にもしばしば泊まったのだそうだが、さよがおぼえているのは、ごく小さいころ、二度か三度そんなことがあり、鷹の黄金色の眸《め》と猛々しく勁《つよ》い姿に見惚《みと》れると同時に、御鷹匠とは何といばりくさっているのかと思った、という程度のことであった。ここ何年も、横山家は野廻りの御鷹匠の御用はつとめていない。

雛は、まだ、見たことがなかった。

前庭では、村方の男や女がいり混って、風に吹きさらされながらかがみこみ、枝つきのままの漆の実を、蛇腹板でこそげ落としていた。固い殻に包まれた、山葡萄《やまぶどう》の実ほどの漆の実が、筵《むしろ》の上にいくつも山を作っていた。

薪小屋と並んだ蠟釜屋の前を通ると、開いた戸口から熱気が吹きつけてきた。軒下にあけられた、木舞《こまい》だけを残して壁土を落とした窓から白い湯気が噴き出し、草屋根に這いのぼる。

狭い釜屋の中では、男衆が汗まみれになって生蠟を採っている。殻を搗きのぞいて蠟粉にした漆の実を大釜で蒸し、絞り舟で絞るその作業は、無惨なほど苦しそうで、さよは、寺の地獄絵を怕《こわ》がりながら指の隙間からのぞき見るように、通るたびにのぞかずにはいられないのだが、今日は、弥四郎の足におくれまいと、いそぎ足に通りすぎた。それでも、大槌をふるって絞り舟に楔《くさび》を打ちこむ男たちの吼《ほ》えるような掛け声や、灼熱を呪うような唸り声は、耳についた。

麻の短い衣に股引という百姓とも職人ともつかぬ身なりの弥四郎の、腰にさげた手斧《ちょうな》が、おだやかな物腰に何か野獣めいた油断のならない精悍《せいかん》さを添えている。

さよの背後で、突然、異様な叫び声があがった。獣に襲いかかられた恐怖の悲鳴といったふうな怖ろしいひびきがあり、さよは立ちすくんだ。ふりかえると、前庭で働いていた人々が、蠟釜屋の方に走ってゆく。母屋からも、男衆が走り出た。

弥四郎もちょっと立ち止まって、ふりむいたが、自分には関わりのないことだというふうに、歩き出した。

さよは、ためらった。何が起きたのか気にかかったが、弥四郎は、すたすたと歩き去って行く。鷹の雛を見たい、弥四郎と山にのぼりたいという願望の方が勝った。

それにしても弥四郎は冷たいことだと、さよはいささか驚く。好奇心というものを持たないのだろうか。

さよの好奇心は、まだ見たことのない鷹の雛の方に強くむけられていて、たぶん蠟釜屋で働く男たちが喧嘩でもしたのだろうと思われる悲鳴は、無視することにしたのだけれど、それでも、弥四郎が様子を見にひきかえせば、あとについて走ったにちがいない。

弥四郎に、さよは特別な親しみをおぼえている。深い山中に集落を作り、樹木を伐り、轆轤《ろくろ》で椀だの盆だの刳《く》り物を挽く木地師たちは、皇族惟喬《これたか》親王を一族の祖とするといい、誇り高く、肝煎である儀左衛門にさえ頭はさげない。

彼らが作るのは刳り物が主だが、そのほかに、木片のあまりで手すさびに木形子《きぼこ》も作る。農家では、赤ん坊が生まれると、素朴な人型をした木ぼこを二つ木地師から求め、一つに災厄を背負わせて川に流し、一つは魔除けとして赤ん坊に持たせおもちゃにさせる。さよも、そういう木ぼこを一つ持っていた。高さ二寸ほどの小さい木ぼこは、物心ついたころは、手垢で黒ずみ、顔の目鼻も薄れていたが。

さよが五つぐらいのときだったろうか、刳り物を木地師たちがはこびこんできた。そのなかの一人、十五、六の少年が、おめの木ぼこは、おれが作ってやったんし、と言った。それが、弥四郎であった。さよが生まれたとき弥四郎は十ぐらいだったわけだが、木地師の子供たちは、ずいぶん小さいうちから鉈《なた》や斧で木を荒削りすることを教えこまれ、轆轤の綱をひかされもするときいている。木ぼこぐらい作るのは、子供でもたやすいことなのだろう。おれの木ぼこの顔は弥四郎が描いたのだろうかと、そのとき、さよは思った。木地師たちは、しばしば、椀や盆を届けにくるのだが、順番でもあるのか、弥四郎の顔を見るのは、二年に一度ぐらいのものであった。横山家に集められた刳り物は、若松城下の塗物問屋にわたされ、美々しく漆をかけられる。

会うたびに弥四郎は大人び、去年来たとき、女房をもらって一年近くなると言った。嫁も木地師の娘である。荒木取だの中刳りだの轆轤の綱引きだのに熟練していなくてはならないから、よそものでは役にたたないのだと、そのとき、きかされた。

祖先をたどれば京の出であり、よそものの血をいれないというだけあって、木地師たちは、品のいい爪実顔《うりざねがお》が共通している。弥四郎も、都人《みやこびと》というのはこうもあろうかというような鼻すじのとおった細面《ほそおもて》である。しかし、樹海を踏み歩き、大樹を伐採し運搬する力業で鍛えられた彼らの四肢は、たくましかった。弥四郎のごつごつした手には、樹の脂《やに》のにおいがしみついている。

東の勢至堂峠から西へ、馬入峠、布引山、大戸岳、小野岳、大内峠、六石山と峰々を連ね、越後との国境の八十里越に達するあたりを境に南の一帯、南山御蔵入と呼ばれる広大な地域は、本来は幕領であり、会津藩の預り地となっている。田畑は少なく、一足山地に踏み入れれば、太古そのままの樹海が涯《はたて》もなくひろがる。

弥四郎は、杣道《そまみち》にわけいって行く。茅や笹が枯れながら茫々と茂り、さよの背丈を越し、目の前で鋭い葉先が交叉する。下草に根元をおおわれた漆や橰《ぬるで》や櫨《はぜ》や楓が、重なりあって梢をひろげ、真紅の滝のように、さよと、先をゆく弥四郎を包みこむ。弥四郎の横幅の広い足が下草を踏みしだき、さよは、その跡に小さい足をのせて進んだ。見かえると、下草はまた立ちなおって、あるかなしかの細ぼそとした径《みち》をかくし、朱に緋を塗りかさねた紅葉は、ほとんどどす黒い洞窟めいてみえた。

春のやわらかい紅みを帯びた芽立ち、夏の濃緑、秋の錦、純白の冬、毎年おなじようにくりかえされる山肌の変化は目になじんでいて、ことさらに見惚れることもなく過してきたのだが、凄まじい紅葉のただなかを歩いている自分を、さよはこのとき、ふと意識した。

道とはいえぬ傾斜面を笹の根につかまりながら下りると沢に出た。渓流に洗われる石をとび渡って溯《さかのぼ》る。細い滝が二股に別れて落下し、しぶきに淡い小さい虹がかかる。一足踏み出すと虹は消え、また、顕《あらわ》れる。タラノキの棘《とげ》に猿袴《さつばかま》の裾を裂かれながら、滝の脇の巌をのぼる。倒木にからまった蔦が細流《ささなが》れに蔓をのばし、紅い髪のようにうごめく。流れは落葉や枯れ枝の下に見えかくれする。

一刻あまり、さよも弥四郎も、黙々と歩きつづけた。弥四郎は、木地師の多くがそうであるように、鶯言葉を持ちながら寡黙《かもく》であり、さよも、緋色の静寂に黙って浸って歩いた。軀が溶け入るような静けさは快く、かすかな畏怖《いふ》が、その快さには混っていた。何が怕いのか、さよにはわからなかった。山の気配、だろうか。ときたま、山鳥の声が尾をひいたり、小さいむささびが目の前をよぎって枝から枝にうつり、すばやくかくれたりした。すると、その瞬間だけ、人里のなまぐささに近いものが空気にまぎれこんだ。そうして、ふたたび、怖ろしさと懐しさと、軀が消えてゆくような不気味さを伴なった快さがいり混った、言いようのない感覚が身を浸した。……

突然、白い綿のかたまりのようなものが、さよの目の前にあった。樹から下り立った弥四郎が、両手で半ばくるむように持った雛をさし出してみせたのである。

雛は、眸《め》をかっきりと見ひらいていた。その眸が透明な水色であることに、さよは、息を呑んだ。黄金色の猛々しい眸、湾曲した利鎌《とがま》のような爪、銅《あかがね》の翼を持つ成鳥からは、思いもよらない。

眸《め》んなかに、空があるじゃ。さよは叫んだ。声には出さなかった。声を出したら、心に薄くはりつめた大切なものが砕けそうな気がした。

綿毛の軽衫《カルサン》を穿《は》いたようなたくましい肢、鶏の雛のせいぜい倍ほどの軀をささえるには大袈裟すぎる扇形にひろがった太い趾指などは、ほとんど目に入らず、さよは、ひたすら水色の眸に見惚《みと》れた。

そのとき、さよは、雛の背後にひろがる無辺際の空、谷の深みを、同時に視た。立ちぐらみしそうになった。胸のなかに大きな力が溜まり、のどもとを押し上げた。弥四郎、と、救けを求めるように呼ぼうとし、次の瞬間、恐怖は薄れた。

傍に弥四郎がいることも、さよは忘れた。『時』が、なくなってしまった。さよを鷲摑みにしたのは、言葉であらわせば、そんな感覚であった。なくなったのではない、ここにあるのだけれど、過去から未来にむかって流れるのではなく、過去の時も、今も、未来も、すべてが、今、存在している。それは、動いているけれど、動かないのだ。自分も、弥四郎も、鷹の雛も、この無辺際の、あらゆる変容を持ちながら不動の、『時』の皃《かお》の一つなのだ。

さよには、そう説き明かす言葉は、なかった。ただ、全身がその感覚に反応し、指の先まで慄《ふる》えた。

「陽が落ちねえうちに、下《お》りるべ」

弥四郎の声を耳にしたとき、その感覚は、手からこぼれる水のように、失《う》せた。思い返そうとしても、遠い夢のように、とらえどころがなくなっていた。雛は、さよの懐にいた。

「ここさ、もう一度来ようと思っても、おれ一人では来らんねなも。道がねえも同じだすけ」

さよは、くつろいだ声で言った。

「木地挽道は、木地挽でねえだら、わかんね」

あまり表情の変化をみせない、無感動なのかと思えるほどもの静かな顔に、弥四郎は、珍しく、誇らしげな微笑を薄く浮かべた。

「霧がかりの山、山七分の上は、日本国中、木地挽の往来、根伐り、かってたるべしと、惟喬親王さまのお許しをば、俺たちは、おもらい申しているんし」

これだから、木地屋は頭《ず》が高いと、村の衆は悪く言うのだなと、さよは思い、それでもすなおに、

「てえしたもんだな」と、うなずいた。

地の紅葉が映ったように、空が燃えた。たちまち、空は反転して漆黒になった。

すでに里に近づいてはいたが、足もとさえ見えぬ暗さである。手足は冷えきり、雛を抱き入れた胸だけが暖かい。弥四郎は枯れ枝や枯れ草を集めて束ね、火打石の火花を付木にうつし、即製の松明《たいまつ》に火を点じた。

家に帰りついたとき、前庭にはもう誰もおらず、蠟釜屋は暗かった。村方から集まってきていた人々は、それぞれの家に帰ったあとであった。

蠟釜屋の前を通るまで、さよは、出がけに耳にした叫びは忘れていた。

母屋の土間《にわ》に入ると、囲炉裏や竈《かまど》の火のあたたかみが、肌をくるんだ。

縄に編みこんで吊した干柿や干菜が簾《すだれ》のように下がる土間の一隅の厨《くりや》で、女たちは夕餉《ゆうげ》の仕度にいそがしく、父と長兄の儀一郎が、囲炉裏《ゆるい》をかこんで酒を呑みはじめていた。分家の仁兵衛叔父も、今日は泊るつもりなのか、仲間に加わっている。自在鉤《かぎどの》に吊した大鍋から味噌のにおいのする湯気がたちのぼり、火伏せの呪《まじな》いに鉤どのに結びつけてある飯べらや味噌笊にからまり、火棚のあたりでたゆたっている。

紙帳や臼はかたづけられ、作男たちは土間に腰を下ろして休んでいた。

「見れ、鷹の雛コだエ」

さよは、自分の手柄のように言い、衿もとを少しひろげて雛の頭を皆にみせびらかしながら、また松《ま》っつぁがいねえな、と思った。次兄の捨松の姿がみえなかったのである。

さよより四つ年上、十七になる捨松の、盛りあがった頬や額の肉が眼鼻を圧《お》しつぶしているような顔、相撲取りのような軀が食事どきに木尻にあぐらをかいていないと、さよは、何か物足りない。

「弥四郎が、こだな高《たけ》えコメツガさのぼって」

勢いこんで、さよが話し出そうとすると、弥四郎は、

「おれは帰るで」

と、皆の顔を順々に見わたした。だれかが礼物《れいもつ》をよこすのを待つ様子であった。しかし、当主をさしおいて口を切るものはなく、儀左衛門は、ねぎらいもせず、くびれた顎をうごかしただけであった。儀左衛門も大兵である。

「お城で喜ばねべからな」

分家の仁兵衛が、ひとりごとめかして言った。儀左衛門の愛想のなさの理由を、兄にかわって、釈明するふうであった。

「何《なん》して、喜ばねの」

さよは、思わず語気を強めた。本家の娘として一目おかれて育った矜持《きょうじ》、驕慢《きょうまん》が、分家の者に対したとき、ふと、あらわれる。

「明日、俺が御鷹部屋さとどけに行ってやるで」

儀一郎が、さよをなだめるように言った。

「大町に行かねばならね用があるだで、ついでに、ちょっこら足のばしてやっぺ」

長兄の儀一郎は、亡母の華奢《きゃしゃ》でものやさしい容姿を受けついでいる。めったに荒い声をあげることもない。黙って静かにしていても、惣領の儀一郎は、兄つぁま、若旦那《だんぼ》、と周囲からたてられる。捨松のように荒れて己れを主張する必要はないのだと、さよは思う。

亡母は、祖母の妹の子である。つまり、父と母はいとこ同士で、このような血族の結びつきは珍しくはない。祖母もまた、指が細く華奢な軀つきだ。

さよは、父と母のどちらに似たのか、まだ特徴は明確にあらわれていない。母は、父に責め殺されるような死にかたをした。男とまちがいを起こしたためだと、薄々、さよはきいている。男に溺れる淫蕩《いんとう》さも、それを責め殺すほどの暴《あら》さも、さよはまだ、自分のなかに見出してはいなかった。親は親、顔かたちは似かよっても、性《さが》まで支配されはしない、と、ひそかに思ったりする。

「松明《たいまつ》、呉《け》ろ」

当然な要求を無視されたことに腹をたてている様子もなく、弥四郎は言った。怒っても顔に出ないのかもしれない。

「まず、飯《まま》食ってけ」

祖母が、鉤どのに吊した汁鍋の蓋をとって、具の煮えぐあいをたしかめながら言った。

「そうもしらんね。これから、小屋まで帰るで」

「今《えま》、どこさ泊り小屋たてているだや」

仁兵衛が訊《き》いたが、その口調のおざなりなのを見ぬいたのか、弥四郎は返事はしなかった。

作男頭の与平が、儀左衛門の顔色をうかがい、山葡萄の皮を束ねて巻いた松明を土間の隅から一本とり、竈の焚き口につっこんで火をうつし、弥四郎にわたした。

懐に雛をいれたまま、さよは、外に出て行く弥四郎を追った。

「弥四郎、蠟、呉《け》てやる」

さよは、背のびしてささやいた。

絞りとって固めた生蠟は、すべて藩に上納するのだが、一部とりわけて土蔵にしまいこまれてあり、このことは決して他言してはならぬと、さよも口止めされていた。もっとも、村の者はだれでも知っていることで、きかれてはならぬのは、城方の役人衆であった。なぜ喋《しゃべ》ってはならないのか、父は教えてくれなかったが、男衆や下働きの女たちから、さよは聞き知っていた。生蠟は、屑の一かけらまでも、すべて若松の殿さまのものであり、かってに処分することは固く禁じられているというのであった。

漆の樹から採れる漆液と蠟は、藩の財源になる重要な専売品で、植樹が奨励され、伐採も売買も固く禁止されている。

しかし、禁を侵して蔵にとりわけられた蠟が、外から入りこんだ商人にひそかに売りわたされていることも、さよは知っていた。

土蔵の蠟は、さよの気ままにはならない。さよは、蠟釜屋に弥四郎を誘いこもうとした。そのとき、門の方から火灯りが一つ近づいてくるのに気づき、足をとめた。

弥四郎の松明が、相手の顔を照らし出した。相手も、松明をさよと弥四郎の方につき出した。

黒々とした巨《おお》きな影は、捨松であった。

「松っつぁけ」さよは、ほっとした。「見れ、鷹の雛ッコだ」

荒ら荒らしい殺気に似たものを、さよは感じた。巨きな軀のなかに溜まっている獣めいた力に、捨松は時にふりまわされる。しかし、その力がさよに向けられることはめったにないので、さよは、むしろ、身を護ってくれる野づら積みの石垣のように、捨松をたのもしく思うのだけれど、さよをも寄せつけぬほどに、暴《あら》い力が捨松の全身を占めつくすときがあり、今、その気配をさよは感じた。鎮まりかけてはいるが、灰をかぶせた熾火《おきび》のように、一吹きで発火しそうな案配であった。

捨松は、さよにその火をかくそうとするふうに、

「雛ッコけ」

と、つとめて声をやわらげた。

「巣から獲ってきたんし。明日、御鷹部屋さとどけるんし」

「鷹の親《あつぱ》が泣いてっぺな」

巨きな軀に似合わぬ感傷的なことを、捨松は言った。

懐で雛が啼いた。顔が二つに裂けそうに嘴《くちばし》を開け、のどの奥までみせて、しかし、

声は弱かった。さよの懐は雛の糞で濡れては乾き、ごわついていた。

「腹へってるだべな」

さよは、うろたえた。

「何食《か》せたらええべな」

「生きもんの肉だべ」

そう言って、捨松は同意をうながすように弥四郎を見る。

「んだ」

「どうすべ。何もねえべァ」

「あとで俺がとってきてやっから、心配すんな」

捨松は言い、母屋の方に去った。捨松の灯が母屋に吸いこまれるのを見とどけてから、さよは、蠟釜屋に弥四郎を誘い入れた。小さい火種を残して、竈の火はすでに落とされていたが、作業中の灼熱地獄の名残りは、ほのかなぬくもりとなって、小屋のなかにこもっていた。

棚から刃物をとり、さよは、絞り舟にこびりついている蠟の屑を、丹念に削り落としはじめた。釜で蒸《ふ》かした蠟粉をみたした目の粗《あら》い麻袋を、二枚の板にはさみ、絞り舟の刳り穴に嵌《は》め、板と穴の隙間に両側から楔を打ちこんで絞りあげると、蠟の液がしたたり落ちる。これを放置して固めたのが生蠟なのだが、刳り穴のまわりや楔についた蠟液も、やがて冷え固まる。

弥四郎の手のひらをくぼめさせ、さよは、削りとった屑蠟を落とした。

「蠟、呉《け》るわ」

弥四郎の表情がゆっくりくずれ、少し声をたてて笑った。ものものしく秘密めかして、さよがくれたのが、何の役にもたたないわずかばかりの屑蠟なので、思わず苦笑したのだが、さよは、喜んでいるのだと思った。

「おれ、屑蠟溜めているのしェ」

さよは、いっそう大切な秘密を、弥四郎に明かした。

蠟燭《ろうそく》は、若松の城下では、大身のお武家の屋敷や、富裕な商家でずいぶん使われているようだが、山深いこのあたりでは、よほどの祝いごとでもなければ、用いられることはない。家のなかであれば、囲炉裏や竈の火が明りのかわりになる。その光のとどかぬところでは、石の松明《まつあか》し台に鼈甲《べっこう》色になった根松を砕いてのせて燃す。儀左衛門だけは、夜も『中の間』で帳簿のしらべをするときなどは、種油の行灯を使う。横山家は、蠟燭が買えぬような身代ではないのだが、日常に蠟燭を使うという贅沢《ぜいたく》は、だれひとり考えもしないのだった。

屑蠟が十分に溜まったら、お大名の婚礼に使われるという絵蠟燭を、ただ一本でい い、自分で作ってみたいと、さよは思っている。若松城下で作られる御所車や牡丹などの絵付をした華やかな絵蠟燭は、藩の特産物として江戸や長崎にまではこばれ、異人のあいだにも人気があるときいている。それを、さよは、ささやかな奢《おご》りのために、ひっそりと灯してみたかった。根松の灯ではあらわれないものが視えそうな気がする。

金の削り屑が微細な粉でも価値があるように、さよにとっては、蠟は屑であっても貴重な蠟そのものであった。だからこそ、礼の銭をもらえそうもない弥四郎にわけてやる気になったのだけれど、弥四郎には木っ端ほどの役にもたたないということに、思いが至らなかった。

弥四郎の持った松明の灯りで、床はぼうっと明るい。その光の輪が少し動いたとき、さよは、黒ずんだしみを床の上に見た。血だろうか。昼間耳にした叫びを思い出した。

弥四郎と別れて母屋に戻ってきたさよの耳に、ただならぬ声が入った。

夕餉がはじまっていた。下働きの者たちは飯を食べる手は休めず、眼はそれとなく、薪《まき》ざっぽうを打ち下ろす儀左衛門に向けている。土間で打擲《ちょうちゃく》されているのは、捨松であった。

『おめい』では、儀一郎と仁兵衛叔父、祖母が、やはり食事をとっている。儀一郎と仁兵衛は、何も見えもせず聞こえもしないというふうに、箸を動かしている。儀一郎はさすがに、眼を伏せていた。祖母は、目をそらそうとしては、つい、見てしまい、一口、箸を動かしては小さい吐息をつく。

珍しい場面ではなかった。儀左衛門のすることに口出しは禁じられているから、さよも、黙って、土間に突っ立って兄を打ちのめしている父の脇をすりぬけ、厨の棚から自分の箱膳を出した。捨松の箱膳がまだ棚に残っているのを見て、いっしょに重ね、炉端に持ってきた。

祖母が飯を盛ってくれた。干した大根葉をきざみこんだカテ飯《めし》である。食事の座は『おめい』と土間にわかれるが、飯と汁は、主人も使用人も同じものを食べる。儀左衛門と儀一郎の膳にだけは、一品二品、よぶんにつく。

薪が打ち下ろされるたびに、捨松は歯のあいだから呻き声を洩らし、さよは、胃の腑がかたくなる気がした。カテ飯を手のひらに少しのせ、雛の嘴《くちばし》に近づけたが、雛は眼をきょときょと動かすだけで、水色の眸が、炉の火をうつして黄ばんで見えた。

薪を土間に放り出し、儀左衛門が『おめい』に上って来て横座に腰を据えた。ぬるくなった汁椀のなかみを、祖母が鍋にもどし、あらたによそいなおした。さよは、少し祖母の方に軀を寄せて、捨松のために席をあけた。捨松は、のっそりと、あぐらをかいた。父の方が荒い息をしていた。

「あとで、雀の罠《わな》ァしかけてやっから」

捨松は、さよに言った。怒った牛のように、白眼に血の脈がふくれていた。

捨松が約束どおり餌を——それは雀ではなかったけれど——持ってきてくれたとき、さよは、もう蒲団に入っていた。火を落とし、家のものも寝しずまったころであった。
二階の、半分以上、二十坪ほどの板敷が蚕室にあてられ、残る部分に、父の部屋と祖母の部屋、そうして十二畳ほどのかくれ部屋がある。明りとりの窓もない、天井もはってない、屋根裏のようなかくれ部屋は、およそ五十年ほど昔、一揆を起こし役人に追われた村方の者を当主がかくまったところだという。一揆は、藩内の方々でしばしば起きており、南山御蔵入は、一昨年——万延元年——にも二百六十七箇村が蜂起《ほうき》してたいそうな騒ぎになったが、野地組は蜂起に加わらなかった。

さよは、祖母の寝間に床を並べてやすむ。母のいた小さいころは、父と母のあいだに寝た。母は自分が冷え症なので、さよの冷たい足が触れるのをいやがった。

祖母は、炉の灰の中に埋めて熱くしておいた石をぼろ布で包み、蒲団の裾にしのばせている。さよは、足先を祖母の蒲団に入れた。身動きすると、祖母の痩せた脛に触れる。冷《ひや》こい足だな、と、祖母は脚のあいだにさよの足先をはさみこんだ。

秋蚕はみな繭になり、繭蔵にうつされたので、おびただしい蚕がいっせいに桑の葉を齧《かじ》る、森の樹々の葉が風にざわめきたつような音はとだえている。

さよは籠に入れた雛を、寒かろうと、蒲団の中に抱きこんでいた。捨松の口約束は、あきらめていた。何があったのか、父にあれほど打擲されたあとだ。雛の餌どころではないだろう。

「何して、雛コ、御鷹部屋で喜ばねえの」

手がかかるからか。しかし、雛の世話も御鷹部屋づとめの御鷹匠の仕事であるはずだ。

「何してだべな」

祖母は、とろとろしかけた声で言った。

雛に餌をやってないのが不安で、さよは寝つけないでいた。

人の気配がし、

「おさよっ」

耳もとで声がした。

「餌、とってきてやったぞェ」

「松っつぁけ？」

さよは起きあがり、寒さに身慄いした。

指先も見えない暗闇である。手をのばしてさぐると、氷のような手に触れた。冷たい手はさよの手を握り、ほれ、と力を入れ、少し下に下げさせた。指先が水に浸り、

「わァ、冷《ちみ》でえじゃ」声をあげた。

「騒《さあ》がしな」祖母が咎《とが》めた。

水の中の指をぬるりとしたものが掠《かす》め、悲鳴をあげる。

「魚だ」

「魚ァ？　どこで獲ってきたェ」

「川《かあ》だ」

「この夜ふけにけ?」

「んだ」

そう言って、捨松は、

「わァ、冷《ちみ》で、冷で。あっためてけろと、さよと祖母のあいだに軀をもぐりこませた。」

「冷で」と、祖母も悲鳴をあげた。「松、何だでや、おめ、足から手から、まるで氷みでだ。うう、やんだの」

そう言いながら、祖母が捨松の肩に蒲団をかぶせる気配が、さよにつたわった。祖母の深い吐息が、すすり泣きをこらえる声のように、さよには思えた。捨松が父になぜ折《せっ》檻《かん》されたのか、さよはたずねるのを控えた。何も見えなかったという顔をしている方が、捨松も気が楽なのではないかと漠然と感じていた。酷《むご》しゃいの、と祖母は吐息とともに捨松を抱きしめているようだ。抱きしめるといっても、捨松の巨きな軀に華者な祖母がしがみついているようなかっこうなのだろうが。さよは、そのときは、折檻されたことを哀れんでいるのだと思った。むごしゃいの——哀れだの——と祖母が絶えいるような声でいったその意味を知ったのは、後になってからである。

翌日、さよは、儀一郎と連れだって、松川新道を若松城下にむかって歩いていた。家を出たのは早暁である。朝の陽に煌《きら》めく霜柱は、踏まれても砕けぬほどに硬い。四囲を山々にかこまれた、盆地の中心にある若松は、放射状にのびた五本の本街道と二十五筋の小道《こみち》によって、他領に通じている。松川新道は、若松大町から南にのび、三斗小屋を経て氏家に至る三十里あまりの小道で、その先は奥州街道につらなり、江戸に入る。若松から関山、大内、田島と宿場をつらね、五十里《いかり》から今市に出て日光街道に通じる本街道の一つ下野《しもつけ》街道と、ほぼ並んでいる。

横山家は、松川新道の湯の上から東北に半里ほどわけいった、大戸岳の山裾にあり、若松城下までおよそ五里の道のりであった。

雛は、あけび寵に入れ、さよが持っている。

「雛ｺ、御鷹部屋では欲しくねえのけヮ」

「そたなことァねえべ」

「御鷹匠がいらねだら、おれがもらう」

　儀一郎は、やさしい目になって、とびはねるように歩く妹を見た。そうして、そういうわけにはいかないのだと言った。

　長い道だから、ゆっくり歩かないと疲れるぞと言おうとして、彼は、やめた。たのしさを軀じゅうであらわしているようなさよを見て、彼は少し心が明るみ、その明るみを消したくなかった。

　小柄で華者な儀一郎と、二、三年もしたら肩を並べそうな勢いで、このところ、さよは背丈がのびている。

　鷹の雛をとどければ、御鷹部屋では受理するだろうが、かってのように褒め言葉があるかどうか、迷惑そうな顔をされるかもしれないと、儀一郎も思う。

　九年前――嘉永六年、異国の黒船が浦賀というところにあらわれ、それ以来、世情が急激に険悪になり、四年後の安政四年の御鷹狩りを最後に、将軍家の遊猟はとりやめになったとかで、奥羽諸藩の御鷹献上も行なわれなくなっている。

　会津藩では、毎年春秋二回、塩川にある御殿場で鷹狩りが行なわれてきた。藩公が率先し、家老、重臣も供奉《ぐぶ》する大がかりなもので、軍事調練を兼ねた行事である。しかし、一昨年——万延元年、江戸で、大老が攘夷浪士に暗殺されるという途方もない事件が起き、藩主松平容保《かたもり》公は急遽《きゆうきよ》出府した。更に、今年——文久二年、藩公は京都守護職に任ぜられ、年内には上洛のはこびとあって、藩の鷹狩りも中止されたままなのである。

しかし、肝煎の父が藩から命じられている鳥見の役は公に廃止されたわけではなく、鷹を捉え御鷹部屋に届けよという命令も撤回されてはいない。世の中が一落着きすれば、鷹狩りも再び行なわれることだろう。雛をみつけたとあれば、なおざりにすることは、役目にそむく仕儀になるのであった。

このような世情は、父の役向きの仕事をたすけている儀一郎の耳には、ずいぶん詳しく入ってくるのだが、鷹の雛の愛らしさに心を奪われている、まだ子供々々した妹に説き明かすこともない。

房総海岸の整備、品川砲台の防備、更に、蝦夷地の開拓と北辺の警備、そうしてこの度の京都守護職と、莫大な出費を伴なう重い責務を次々に幕府から負わされ、藩の財政は極度に逼迫《ひつぱく》している。その皺寄せは、農民にも大きくかかってくる。

幕府の天領であった南山御蔵入がはじめて藩の預り地となったのは、寛永二十年（一六四三）で、貞享四年（一六八七）まで藩の支配がつづき、再び天領に戻った。その後、幕府の直支配と藩預りが何度かくりかえされてきた。

天領の方が農民は有利であった。代官の監視の眼がゆきとどかないのである。藩の支配下に入ると、産物の他領への販売はきびしく制限され、年貢のとりたても容赦なくなる。天保十三年（一八四二）、会津藩の預り地となろうとしたとき、農民は強訴《ごうそ》までして反対した。このとき、儀一郎はまだ三歳で、何も記憶にはない。父たちからきかされただけである。そのときは強訴がとおったが、弘化三年（一八四六）、ついに藩預り地になり、藩の支配は、以後、世情の不穏と足並みを揃えて、年々強化されてきている。近々、正式に藩領となるという噂もきこえ、儀一郎は気が重くなる。

大半が山地で耕地の少ない豪雪の地である南山の農民は、煙草、麻、繭、薬用人参、紫蕨《ぜんまい》と、副産物の生産に精を出さなくてはならない。横山家は、その悪条件を逆に利用し、産物の集荷販売の特権を握って、財力を増やしてきた。

藩領に組みこまれることは、この特権がおびやかされることを意味する。

儀一郎は、まだ二十三歳の若さであったが、次代の肝煎としての重責を感じていた。

同時に、時代の変化に即した何らかの改革をと、内心気負ってもいる。貧しい村を富ませることが、家の繁栄にもなる。しかし、翔《と》び立とうとする翼には、藩の動向という鎖が結びつけられている。藩の出費の増大は、村の衰微につながっているのであった。

もう一つ、重い鎖があると彼は思い、捨松の鈍重な顔を思い浮かべた。

子供のころは仲の悪い兄弟ではなかった、と思う。長男と次男の厳然とした格差を、捨松とて十分にわきまえ、不平など持ってはいないはずだが、持たぬつもりでも、どうにもならぬ澱《おり》のように、憤《いきどお》ろしさは身の内に溜まりこむのだろうか。

たとえば、寝所一つにしても、儀一郎は、父が役向きの仕事をする『中の間』の裏の部屋を与えられている。そこは、彼が妻をめとったら若夫婦の寝部屋にもなる。中の間の奥の二つの座敷は、藩のお武家方などが来られたときに用いるので、りっぱな玄関も別についており、家人はめったに踏み入ることもゆるされない。百坪あまりもある広い家だが、土間や蚕室が半ば以上を占めるから、階下の部屋数は、ほかには作男頭夫婦が住む三畳の小部屋があるだけなので、捨松はといえば、夜は土間に箱床を置いてやすむのである。

捨松ばかりがひどい待遇を受けているわけではない。土間に箱床で寝るのは、この土地のならわしである。

もっとも、儀一郎が妻を迎えるまで、一つ寝部屋にやすんでもかまわないのだった。去年まではそうしていた。しかし、床を並べて横になっているとき、何かで口論になり、口ではかなわぬ捨松は、かっとなって兄につかみかかり、儀一郎は、本当に殺されるかとおののいた。それ以来、ひきはなされた。はなされた距離を、儀一郎は、淋しく思うことがある。しかし、彼が肝煎として活動をはじめたとき、捨松の粗暴な行動が妨げになりそうな不安を、取り越し苦労と笑い捨てられない。昨日も……蠟釜屋で、村方から手伝いに来ている男に、ひどい傷を負わせた……。

大川に沿って、道は下ってゆく。大川は、横山家の傍を流れる闇川をはじめ、いくつかの支流を集めながら、やがて阿賀野川と一つになって越後に入り、越後平野をゆるやかに流れて北の海に注ぎ入るのだという。

小出の渡しで一休みし、儀一郎は、さよに黍餅《きびもち》を買ってやった。陽が射し、霜が溶けてきたので、さよの足は早くも泥まみれになり、猿袴《さつばかま》にはねが高くあがっている。

彼は、父の供をして、あるいは父の代理を命じられ一人で、何度も城下を訪れているが、さよは、まだ物心つくかつかぬころ一度行ったことがあるだけで、はじめてにひとしい。今朝、いっしょに連れて行ってくれと妹にせがまれて、彼は、むげにことわれなかった。さよは笑うと、唇の両脇に小さいえくぼができる。赤ん坊のさよがはじめて笑ったとき、めざとくえくぼをみつけたのは捨松だった。捨松と彼は、さよを笑わせようと、ひそかにはりあったものだった。

「三ノ町の七右衛門座に芝居見物に行ったのを、おぼえていねえべな」

芝居だの浄瑠璃だの、ひとことも口にしてはならないと心にいましめてきたのに、このとき、彼はふと気がゆるんだ。

「おれが三つか四つのころだべ。何もおぼえてね」

あんな贅沢を、よくも、やったものだ。父は本来は、芝居だの浄瑠璃を嫌いではなかったのだろう。

「おれが小ちころ、浄瑠璃語りが、冬、おら家さ泊まっていたっけが」

さよは言い、儀一郎はうなずいて、舟さ乗らねば、とうながした。

対岸の桑原村に渡り、ほぼ一里の船子峠を越え、もう一度渡しに乗り、小塩、大豆田、香塩、南原、面川、堤沢、御山、と宿駅を歩きつぎ、そのあいだに、茶店で一息ついては、さよは雛に餌を与えた。捨松が夜のうちに罠をしかけ、山鳩を捕え、今朝出がけに胸身を裂きとってくれたのである。若松城下にさよを伴なうのを承知したとき、儀一郎は、捨松とはりあってさよを嬉しがらせようとしている自分に気づき、大人《おとな》げないなと苦笑した。山鳩の生肉を捨松から受けとるさよの、無邪気に浮かべたえくぼを見なかったら、足手まといになるからと、同行をこばんだかもしれなかったのだ。城下まで、彼の足なら二刻半で着くところを、さよの足にあわせたため、鶴ケ城の天守が見えはじめたとき、帯郭《おびぐるわ》の鐘撞堂《かねつきどう》で打ち鳴らす正午の鐘がきこえた。三刻もかかったことになる。

「時守が、一刻ごとに時さ知らせるのだ」

「御鷹部屋は、もう、じきだな」

さよは、はずんだ声で、湯の川にかかる橋を小走りになった。

高々と聳える七層の、鶴ケ城の天守も目にとまらぬふうで、さよは御鷹部屋に心をとばせていた。

土居と外濠に護られた郭《くるわ》の内は、城を中心に、家老職をはじめ、大身の知行取《ちぎょうとり》の武家屋敷のみで占められる。郭外は町方の住まいになるが、処々に、切米取の軽輩の組町がある。

十七名の御鷹匠は、組頭は別として、七、八石から十二、三石の切符取《きりふとり》で、その組町は、郭外東北のはずれの千石町、二間幅の道をはさんだ一劃である。その先に、餌指ばかりが住む餌指町がつづく。

うこぎの垣で仕切られた庭に、同じような作りの十四、五坪の小さい家が並ぶ。道の南側の家並の中央、間口十五間ほどの、ここだけは長屋門を持った塀をめぐらしたところが、御鷹部屋と呼ばれる、鷹の飼育調教の場所である。

北の家並の裏は専福寺の竹藪が茂り、木端板葺《こばいたぶき》の屋根に枯れ葉を散らしていた。人の気配は感じられず、小鳥の啼き騒ぐ声ばかりが耳につく。高い声、嗄れた声と、さまざまな種類の啼き声が混じる。たえまない無数の小鳥の啼き声は、人気《ひとけ》のなさを、いっそう強く感じさせる。

無人ではない。住まいにも鷹部屋にも、人はいるはずであった。

彼は、さよの身なりに目をくばった。五里の道のりをしゃにむに歩きとおしてきたさよは、縞木綿の猿袴《さつばかま》の裾に泥のはねがこびりついて乾き、衿もとが着くずれ、髪は土埃をかぶっている。

衿をなおしてやろうと手をふれると、さよは、ちょっと身をよけた。兄であっても男の手にさわられるのにこだわりを持つ年になったのかと、儀一郎は、頬に少し血がさした。昨夜、捨松が冷えきった軀をさよの脇にもぐりこませ、さよは淡々としていたことを、儀一郎は知らなかった。さよにしても、儀一郎の手をよけたのは、ほとんど無意識の仕草であった。子供扱いされたからだ、着物の乱れぐらい自分でなおす、と、よけた理由をきかれれば答えたことだろう。しかし、心の奥底をのぞいたら、やはり、こだわりがめざめはじめていると、認めざるを得なかったかもしれない。

「見苦《みぐ》せな。前、はだかっとるぞン」

そう言って、儀一郎は長屋門のくぐりを開けた。小鳥の声が、いっそうけたたましくきこえた。

「わア、小鳥、この中にいるだべか」

「そだ」

鷹の生き餌にするために、餌指が、たえず獲《と》ってきて、鳥小屋のなかで飼っているのだ、と儀一郎は言い、さよの表情を見た。酷《むぞ》いと思わないのだろうか。さよがかすかに眉をひそめたように見え、儀一郎は、何かほっとした。今朝、捨松が生きた鳩の胸を裂き、血に濡れた肉片を与えたとき、さよが平気だったことを思い、この年頃の女の子にしては情が強すぎると、あまりいい気分ではなかったのである。彼は、妹には小鳥が死んだら涙ぐむような気のやさしい娘であってほしかった。

「ここで待っちェろ」と、雛の籠を受けとろうとすると、

「中、見らんねのけ」

さよは不満げに言った。

くぐり戸の脇にもたれ、さよは、兄の出てくるのを待った。二間幅の道の中央をつらぬく細い溝を、水が浅く流れる。

小鳥の声を、ぴィョ、と高く澄んだ声が縫う。鷹の声だ、と思う。猛々しい顔に似合わぬ声を、きいたことがある。

御鷹部屋は、お武家の公の仕事場である。肝煎とはいっても身分からすれば百姓の娘である自分が、気やすく入ることを許されるとは、最初から期待していなかった。我が家の『中の間』でさえ、父が役向きの仕事をしているときは、さよなどは、のぞくこと

もはばかられる。儀一郎兄は『中の間』で父の手伝いもするし今度も公用で来たのだから、入れるのは当然なのだと、さよはあきらめている。

この塀の内側に、鷹が、いる。

並んだ家々から子供たちが外に出てきた。数えると、五人。五つ六つから、最年長者が八つか九つぐらい。どれも男の子である。

目があった子供に、さよは笑いかけた。五つぐらいのその子供は、怒ったような目でさよを見、ちょっとためらってから頭だけさげた。さよは、いそいで会釈《えしやく》をかえした。子供たちは、御鷹部屋のななめ向かいの家に、揃って入っていった。ほどなく、きんきんと甲高い少年の声が、家の外にまで洩れきこえてきた。

〝一つ、年長者のいうことに、そむいてはなりませぬ〟

そのあとに、同じ言葉をいっせいにくりかえす子供たちの声がきこえた。

〝一つ、年長者のいうことに、そむいてはなりませぬ〟

〝二つ、年長者にはお辞儀をせねばなりませぬ〟

ためらってからしかつめらしくさよに頭をさげた子供を思い浮かべ、さよは微笑した。武士の娘とはみえぬ風態のさよに、おじぎをするべきか、迷ったのだろう。

〝三つ、うそを言ってはなりませぬ〟

〝四つ、卑怯なふるまいをしてはなりませぬ〟

〝五つ、弱いものをいじめてはなりませぬ〟

〝六つ、戸外で物を食べてはなりませぬ〟

〝七つ、戸外で女の人と言葉をまじえてはなりませぬ〟

さよの笑顔をはねつけた子供の険しい目を思い出し、もう一度さよは微笑した。苦笑に似ていた。

子供たちの声は、ひときわ高くなった。

〝八つ、ならぬことは、ならぬものです〟

声はそこでとだえた。

静まった道を、若い女が歩いてくるのに、気づいた。二十五、六にみえるが眉は落としていない。風呂敷包みをかかえて歩み寄ってくる裾さばきがきれいだった。切れ長の目をちらりとさよに向けた。あたたかみのあるやさしい目だと、さよは思い、少し赤くなった。御鷹部屋の真向かいの家の戸口を女は開けようとし、そのとき、片手に持ちかえた風呂敷包みが地に落ちた。結び目がゆるみ、なかみが散らばった。さよは、とんでいって、かがんで拾い集めている女に手を貸した。五寸角の、紙のように薄い板片がざらざらと落ち散っている。付け木のような形だが、硫黄は塗ってない。

「御鷹部屋に、何じょ用け」女に訊かれ、

「兄《あん》つァ、待っちェる」

女はうなずいて、家に入っていったが、すぐに出てきて、干柿を一つ、さよの手にのせた。

戸はすぐに閉ざされ、さよは御鷹部屋の前に戻った。城下に入る前に、持参の弁当を食べたから空腹ではなかったが、手にした干柿を何げなく口もとにはこびかけ、子供たちの斉唱していた声を思い出した。〝戸外で物を食べてはなりませぬ〟ひどく行儀の悪いこととされているのだろうか。さよは、柿を懐に入れた。

くぐり戸が開き、儀一郎が、

「お許しが出た」と、手招いた。

塀のなかは、殺風景に広々としていた。三百坪ぐらいか。細長い小屋が五棟並び、そのどれも、板戸を閉ざした戸口が一定の間隔をおいて五つある。

「あれが、御鷹の小屋だ」

さよは、何か気抜けした気分になって、閉ざされた粗末な板小屋を眺めた。漠然とではあるが、さよは、飛翔《ひしょう》する鷹を思い描いていた。あのみすぼらしい小屋のなかでは、翼をひろげることもできまい。

この塀内全体も御鷹部屋と呼ばれるけれど、御鷹の小屋も、また、名称は御鷹部屋であり、

「一つの小屋が五つの小《ち》ちェ部屋にわけらって、御鷹が一羽《いっぱ》っつ、いるんし」

「狭《せば》こいの。何して、あだ暗《くれ》えとこさ入れとくの」

少しはなれて、物置小屋と鳥小屋が建ち、細く開いた無双窓から、生き餌にされる小鳥たちのせわしなく啼き騒ぐ声がきこえる。

塀は片長屋を兼ね、そこは擎手《すけまい》の住むところだ、擎手というのは、御鷹匠の下役で、御鷹匠一人に擎手が一人ずつつけられているのだと、儀一郎は教えた。干大根を吊《つる》した長屋の前で立話をしている三、四人の男が、その擎手なのだろうと、さよは思った。

隅の空地は耕され、霜にうたれた大根の葉がしおれていた。

右手の木端板葺の建物は、御鷹匠の詰所だということであった。

「御鷹部屋、のぞいてもええべか」

「なんねべ」

詰所から、若い男がさよたちの方に歩み寄ってきた。浅葱《あさぎ》色の股引に脚絆《きゃはん》、ねずみ鮫小紋の半纏《はんてん》に一本独鈷《どっこ》の帯、濃紺のばんどり（羽織の一種）、脇差しを一本さし、あけび籠を持っている。さよが持ってきた雛の籠であった。腰に提げた革袋は莨《たばこ》入れではなさそうだ。

「御鷹匠の長江周吾様だ」と、儀一郎はさよにささやいた。

儀一郎と同じ年ごろの若い鷹匠は、さよに目をむけた。近くで見ると、股引も半纏も古びて色褪せ、ほころびをていねいに繕《つくろ》ってある。

「こいづが、妹のさよでおざりやす。お見知《みっし》ょいてくんさりあせ」

儀一郎は言葉つきはかしこまりながら、親しげに言った。

長い道を歩いて疲れただろう、と、長江周吾も気さくに、さよに話しかけ、わしの家で一休みしてゆくがよい、と誘った。

撃手の一人を長江周吾は手招き、すぐに戻ると告げ、二人を伴なって門を出た。

招《しょう》じ入れられたのは、御鷹部屋の真向かいの家であった。

紙細工のように華者な家の炉端で、干柿をくれた女が、薄い板片に硫黄を塗りつけていた。塗り終えた板片が床にひろげられ、腐った卵のようなにおいがただよっていた。やはり付け木なのだ。手内職らしい。

「姉上、野地組の肝煎の惣領が、鷹の雛をとどけてきました。茶でもふるまってやってくんつぇ」

さよと目があうと、女は笑顔になった。さよも少し固くなりながら笑いかえした。

「まず、あがらっし」

土間に小腰をかがめている二人に、女は言った。

二人が炉端にかしこまると、女は付け木を脇にかたづけ、ゆっくりした手つきで茶を淹《い》れた。ひびに茶渋がしみこんだ粗末な湯呑を手渡す女の指先は、あかぎれに練膏薬《ねりごうやく》をつめこんであった。

さよは、幼いころ、野先御用で廻ってきた御鷹匠たちを思い浮かべた。顔も何もおぼえてはいないけれど、ずいぶん横柄で尊大だった。

長江周吾の姉は、ふちの欠けた小鉢を戸棚から出し、中の菜漬けを箸ではさみ、さよの手にのせた。農家の女たちと変りないやり方で、さよは少しくつろいだ。

雛は御鷹部屋で飼うにはまだ稚《おさ》なすぎるゆえ、羽が生え揃い翼がととのうまで、わしが自宅にあずかって養うと、長江周吾は言った。

秋の終わりに巣子とは奇妙だと、周吾と姉は言いあったが、迷惑がっている様子はなかった。そうかといって可愛《めご》いといとしがるふうでもなく、雛をいれた籠は、土間の隅に置かれたままになっていた。

女は、茶と菜漬けをふるまったあとは、また付け木に硫黄を塗る手内職にとりかかった。

最初の印象ほどあたたかくはなく、周吾が話しかければやわらかい表情で応《こた》えるが、打ちとけてさよたちに話しかけてはこない。一人の思いに沈んでいるというふうにみえた。石の塊《かたま》りを餅の皮でくるんだみでな人だなと、さよは思った。

周吾は気さくに、鷹は巣子から仕込むのが何よりなのだ、などと語った。

一人前に成長してから捕えた鷹は、『出鷹』といって、狩りの技《わざ》はすぐれているが、人に馴らすのが大変で、苦労と根気がいる。巣子はその点、人怖《ひとお》じしないから楽だ。そのかわり、獲物の獲り方を、親鷹にかわって鷹匠が教えこまねばならぬ。人間と同じで、のみこみの早い鷹もいれば、どう教えてもだめなのもいる。

さよは、新しい知識を胸にしみこませた。鷹を馴らしてみたい、という欲望を感じたが、許されぬこととわかっていた。

二月《ふたつき》もしたら調教をはじめる。春には、野仕込みに出る。その折は、おまえの家に宿をとろう。

周吾は、そうも言った。

長江周吾の家を出て、儀一郎が用があるという大町の方に行きながら、さよは心が晴れ晴れとしないのを、なぜだろうと思った。かすかな不快感が澱《よど》んでいた。

あの御鷹部屋のせいだ、と思いあたる。あだ薪小屋みでなところに、昼も夜もなしに鷹は閉じこめられている。雛を、そこに置いてきた、と思った。

しかし、一方で、鷹を自在に飼い馴らせたら、と思うと、血が騒いだ。

二つの感情は、矛盾したものであった。自由を奪われた鷹になりかわって憤《いきどお》りをおぼえるくせに、飼うとは、馴らすとは、鷹の自由を根こそぎ奪うことなのだと、さよは明確に認識できず、御鷹部屋の戸を開け放してやりてえなと思う一方で、ああ、飼い馴らしてな、と血を騒がせて歩いた。

鷹匠町のある千石町は、すぐ背後に田畑がひろがる城下のはずれだが、西に道をとると、博労町、甲賀町、大町と、商家の多い繁華な町すじに出る。大町の塗物問屋に儀一郎は立ち寄った。父の書状を渡し返事を受けとるだけの用事はすぐにすみ、連れだって帰途についたのだが、三ノ町を抜けるとき、芝居小屋の前を通った。

興行はしていないとみえ、幟《のぼり》もたっていない。まだ記憶にも残らぬころに連れてこられた芝居小屋というのは、これだったのだろうかと足をとめて眺めていると、儀一郎が、早く行《あえ》べと、肩をついてせきたてた。

かすかに、梁のきしむ音がする。屋根に降り積んだ雪の重みをささえる古家の歯ぎしりみでだ、とさよは思いながら、深い淵の底にいるように囲炉裏のへりに坐りこみ、刺《さし》子《こ》の針をはこぶ。『おめい』にも土間にも人は多勢いて、藁仕事だのぼろ刺しだの、めいめいの手仕事につとめているのだけれど、さよは、昏《くら》い巨きい繭のなかに独りでこもっているように感じる。

炉の火がはぜた。

雛の水色の眸と、それにひきつづく記憶が、絵紙凧《えだこ》のようにひるがえって、暗い空間をななめに落ちてゆく。

雛を御鷹部屋にとどけてから一月《ひとつき》とたっていないのだが、黒ずんだ紅葉をどか雪が埋めつくし、往還は閉ざされた。

土間で男衆が藁を打ち叩く音が単調にくりかえされる。祖母がかか座に背をまるめ、苧を縒りあわせている。祖母もまた、孤《ひと》り繭ごもりして、かぎりない時の流れを縒りあわせ縒りあわせしているかにみえる。父と儀一郎兄は中の間にいる。捨松の姿がない。また夜這いかと、さよは思う。

春には鷹の野仕込みに出る。そのときはおまえの家に泊まろうと長江周吾が言ったのを、思い出す。武士が百姓に与えた口約束など、反故《ほご》も同然だ。さよは、布に針をたてた。針先が指を刺した。肉の奥深いところに、じんわりと痛みが溜まる。長江周吾の顔立ちは、すでにおぼろだ。姉の小竹の顔の方が、まだ少しはくっきり思い出せる。

記憶の絵紙凧が一枚、ひるがえってすとんと落ちると、三ノ町の芝居小屋が視えた。儀一郎が、さよの足をここの前に瞬時もとどめさせまいというように、肩を押したのだった。

母が迷い溺れた相手は、役者ではなく、横山家に泊まっていた浄瑠璃語りなのだけれど、同じような芸人ということで、役者も、役者の出る芝居小屋も、忌避せねばならないものとなったのだろう。儀一郎は、さよが事情を知っているとは思わず、理由も言わずやみくもに、さよを小屋から遠ざからせた……。

土間の、吹き抜けになった隅に、梁までの高さを利用して、棚のようにしつらえられた場所がある。土間から梯子《はしご》であがる、二坪ほどの、部屋ともいえぬそこは、旅の商人などが寝泊まりするのに使われる。以前は、旅まわりの役者や浄瑠璃語りなどが流れてきて逗留《とうりゆう》することもあった。花柄の赤い衣裳が、土間の隅に張りわたした紐にかけて干してあったりするのは、そういうときで、秣《まぐさ》にまで紅白粉のにおいがうつった。行商人はいまでも泊まるが、流れ芸人は、母のことがあって以来、いっさい拒んでいる。

芸人たちは、越後から流れてくるものが多かった。雪深い冬、彼らの訪れは、かつては喜び迎えられたのだった。浄瑠璃語りが泊まっているときは、夕餉のあと、人々が集まってきて、土間もおめいも人いきれがするほどになり、炉の火明りのなかで、奥浄瑠璃の哀切なふしまわしに聞き惚れた。太棹の三味線を弾きながら説き謡《とうた》う浄瑠璃語りは、盲目の座頭が多かった。さよは、母の相手を知らないけれど、あの人ではと推量する記憶のなかの僧がいる。盲目ではあるが、幼かったさよの心に残るほど、削げた頬、高い鼻梁、薄い唇が何か凄艶な美貌であった。意味はろくにわからぬながら口うつしにおぼえた詞句は、いま思えば、源義経が死後たちあらわれて、地獄のさまを語ったものであったのだろうか。「昔を思うえんぶの故郷、去って久しき年なみの、夜の夢路に通いきて」とか、「さらば修羅の苦しみを、あらあら語ってきかせん、それ義経が苦しみ、二六時中ひまもなく、はや修羅道の太鼓の音、太刀音喚声すさまじく」などという文言は、たしかその盲僧に教えこまれたと思う。

いまだに忘れぬほどだから、その男の滞在は、かなり長く、一度や二度ではなかったのではあるまいか。

父が母を折檻するのをさよが見たのは、さよが六つの冬であった。宵の口だったようにおぼえている。母のざんばらになった髪の根は荒縄で一束に縛られ、あまった髪の先は縄とない混ぜられて柱に結びつけられていた。その上に、手は背中にまわしてくくりあげられていた。

父は薪で母を打ちのめし、足の自由は奪われていない母は、猿袴《さつばかま》の紐も解け、片肌ぬげて逃げようとするのだが、髪が根こそぎ引き抜かれそうな痛さに足がとまる。そこに薪が振り下ろされた。このとき、盲僧はいなかったから、すでに出立《しゅったつ》した後だったのだろうか。

背も腹も容赦なく打たれた。どれほどの力がこめられているかは、母の嘔吐《おうと》のような悲鳴から察しられた。祖母がさよを抱きかかえて連れ去ろうとすると、父は、おさよにも見せェ、罰当り女《ばちやだびた》ァどうなるか、おさよにも見せェ、と痰のからまった声で言った。祖母はさよを二階に連れてゆき、蒲団を頭からかぶせた。まわりのものが見えなくなったために、眸《め》に灼《や》きついたものはいっそう鮮明になり、階下《した》からひびく肉を撲《う》つ鈍い音と母の叫びは、瞼の裏の漆で描いたような映像の動きと符節をあわせた。

翌朝、さよが階下に下りてゆくと、母はいつものように立ち働いていた。母の猿袴は股から裾にかけて赤黒く濡れ、歩いたあとにも血のしみが残った。母は炉端にへたりと坐ると、炉縁《ろぶち》をつかんで前かがみになった。囲炉裏《ゆるい》の灰さ汚すな、と祖母が見咎めて鋭い声をだした。母はそのまま前にのめって、灰に顔をつっこんだ。

二日後に、母の葬礼《そうれん》が出た。

骸《むくろ》がおさめられた柩《ひつぎ》は、さよに見おぼえのある、母の衣櫃《きんびつ》だった。嫁入りのとき、着物を入れて持参する木箱である。長さ三尺、幅二尺ほどのその櫃が、死んだとき持主の柩となるものであることを、さよはこのとき、はじめて祖母に教えられた。母の軀は、その小さい木箱にたたみこまれた。首のところでがくりと折られ、髪が軀をおおっているように、上からは見えた。母の髪のかさの多いことに、さよは驚いた。蓋を押しのけて溢れこぼれそうな髪であった。

祖母も衣櫃を持って嫁いできている。祖母の部屋に長らく置かれていたそれは、母の死後、さよの目にふれぬところにしまわれた。それを見るとさよがひどく泣いたためだというが、さよは泣いた記憶はなかった。衣櫃が怖《こわ》いものになったという感じは、おぼえている。

母をなつかしみ慕い嘆くことを、さよは、だれに命じられたともなく、ひとりで禁じたようだ。悲しむ方に気持がかたむいたら、生きるのが辛くなりすぎると、本能が警戒したのかもしれない。

母を死に至らしめたことで父がお咎めを受けたのかどうか、さよは知らない。病死ということにされたのかもしれない。打ち叩いたその場で絶息したわけではないから、因果関係はないと認められたのだろうか。

風が吹きこんだ。冬戸をだれか開けたらしい。このあたりの家は、土間の一部が前に突き出した曲り屋で、厩と便所《とんぼ》が並ぶ前に広土間への通路があり、その突き出た部分を中門《ちゅうもん》と呼ぶ。折れこんだ角のところに夏戸、中門の突端に冬戸と、土間は二つの出入り口を持つ。夏戸は、冬は屋根から下ろした雪に埋もれる。夏戸と並んで当主儀左衛門だけが用いる出入り口があり、奥の座敷には身分の高い客のための式台を持った玄関がついている。

風といっしょに、蓑を猪のように着こんだ男が入ってきた。さよがふりかえったとき、男は笠をとった。

さよも顔見知りの男であった。屋根の葺きかえだの生蠟絞りだの、人手の大量に必要なとき呼び集められてくる村の男たちの一人で、庄八《しょっぱ》と呼ばれている。しかし、さよの見知っている庄八は、いま見るこの男のように左眼がひしゃげてはいない。

「何だ、庄八」

藁仕事の男衆を監督しながら土間で叺《かます》を編んでいる作男頭の与平が叱りつけるように言った。その声に、かすかな怯《おび》えを、さよはききとった。

「松っつあ、いねえべか」

短くなった松明を踏み消し、庄八はうずくまって言う。

「いねえ」

「食うもの、呉《け》ねべか」

「おめえ、因縁つけに来ただか、話ァついてっぺ。去《しゃ》りやがれ」

懐からひきずり出した麻袋を、庄八はもじもじともてあそびながらくぐもった声で、

「松っつぁだら、呉《け》っぺけんじょもな」

「出てげ。旦那《だんぼ》に叱《ごしゃが》れねえとに、行げ」

与平は声を荒げたが、庄八は強情にうずくまっている。村の男や女がふとしたときに見せるいこじさは、さよも知っている。意志を持たないように従順なのが、理を説こうと情に訴えようと、岩のように応えなくなる。

木地師の弥四郎と雛を獲りに行った日、蠟釜屋からきこえた叫びを、さよは思い出した。そうして、その日の夜、父に烈しい折檻を受けていた捨松。あの数日後、さよは、使用人たちの口から、捨松が村の男を傷つけたという話をきかされた。蠟釜屋で、絞り舟に楔を打ち込む大槌で顔をなぐりつけたのだと一人が言うと、わざとやったわけでにねし、と弁護するものもいた。松っつぁは、わざっとじゃねと言っちぇるけんじよ、彼《あ》

奴《いづ》の女に松っつぁが、ねャ、と、あとの方は意味ありげな大人たち同士の目くばせになった。むごしゃいの、松っつぁ。さよは、胸がつんと痛み、なぜ、おれは捨松を哀れがるのだろうと思った。祖母が同じ言葉を口にしたのを思い出したのはこのときだった。

何もきかなかったように、さよは過すことにした。捨松はさよには知られたくないだろうと、察したのであった。さよが何も知らなければ、捨松は、さよの前では辛さを忘れられる。そう、さよは思った。捨松が傷つけたという相手の名も、それが故意か過失かも、たしかめなかった。捨松は、深夜、さよのために冷たい川に入って、雛の餌の魚を獲ってきてくれた。そういう捨松であることだけで、おれには十分だ。

庄八の無惨につぶれた片眼が、さよの目に入る。むごしゃいの。庄八と捨松の無惨に、さよは、ただ立ちすくむよりほかはなかった。

「麦だり稗だり、呉《け》てやれ」

祖母が、苧を績む手をとめ、与平に命じた。

与平は庄八の手から麻袋をひったくり、雑穀をつかみ入れた。庄八は、土間の隅から新しい松明を一本ぬきとり、竈につっこんで火をつけ、ふくらんだ麻袋を受けとった。

冬戸を出て行く庄八の背に、

「凍み死《し》んじめえ」

与平は浴びせたが、語尾はいささか弱くなった。罵声は主人への忠義だてのためで、庄八に同情していないわけでもないのだと、さよは感じた。

儀左衛門が儀一郎を伴なって中の間から出て来たのは、庄八が去ってしばらく経ってからであった。

「茶滝《い》れろ」

さよに命じ、横座にあぐらをかいた。

「いましがた、庄八が来て……」

言いかける与平に、儀左衛門は不機嫌に太い眉を寄せ、うなずいた。厚い板戸越しに、庄八と与平の応答は、きこえていたようだ。

「どうしたもんでやしょ」

「打っちゃっておげ」

「したが、また来ますべァ」

「話はついちぇる。今後は、何も呉《け》てやるな。くせになる」

だれも物を言わず、藁を打つ槌の音がひびいた。儀左衛門も無言だが、怒りが溜まってゆき、そのために軀が少しずつ大きくなるように、さよには思えた。

まるで、儀左衛門が大きくなりきったときを見はからったように、捨松が帰ってきた。男衆が藁仕事をかたづけはじめていた。父の形相《ぎょうそう》を見て、捨松は耳を伏せた犬のような顔をした。儀左衛門は土間に下り、薪ざっぽをつかんだ。

いきなり打たれても、捨松がなぜと理由をたずねもせず、ただ身をすくめているのは、いつでも、何かしら思いあたることがあるからだけれど、子供のときから、口返答すればいっそう痛い目にあうことを思い知らされてきたためもあると、さよは思う。いま、捨松が本気で歯向かったら、力は互角なのではないか。あるいは父を倒すことさえできるかもしれないのに、捨松は、自分の力に気づいていないのだろうか。綿入れのような肉と脂肪、そして強靭《きょうじん》な皮膚に護られて、撲たれる痛みが軀の芯にひびかないから、あまり悲鳴もあげないのかと、全身に力をこめて、打ち下ろされる薪をはね返しているような捨松を、さよはぬすみ見る。

――むごしゃいの。針が、さよの指を刺した。

Ⅱ

茅《かや》の茂みのなかに、捨松は快く放心している。まだ物足りなそうな女の腰のうねりがつたわる。早ばやと自分だけ充ち足りた捨松は、女の腹の上から下り、青くのびた茅を折り敷いて仰のいた。のしかかってくる女を突き放すと、女は他愛なくころげ、かくしどころの濡れた毛がやわらかい陽を照りかえした。

捨松は、傍に腰を下ろしている庄八に笑いかけた。庄八の健《すこ》やかな方の眼に和《なご》んだ笑いが浮かんだように思え、捨松の充足感は増した。

女は雪が融けてから流れこんできた乞食《はいど》で、男とみると着物の前をひらいて誘いかける。日焼けか雪焼けか、頬骨のはった平たい顔は赤黒く鮫肌だが、もともとは色白とみえ、盛り上がって波打つ乳暈《にゅううん》の濃い乳房や腹は、蚕のような色をしている。

陽射しに皮膚の奥までぬくもり、捨松は満足の吐息をついた。

片眼を潰したことは、庄八とその家族に功徳《くどく》をほどこしたことになるのだろうかと、捨松は思ったりもする。楔を打ちこむために大槌を振り上げた。何の変てつもない動作だった。大槌が描く軌跡に、邪魔ものはいないのが当然であったのだ。庄八に言わせれば、まったく不意の一撃だったというのだが。

まあ、ええ、と彼は思う。その一撃で結ばれるまで、彼は庄八をほとんど何も知らなかった。顔と名前。間引かれそこなった出生。田畑はすべて横山家の質地になっていて、庄八は二十七になるが妻帯どころではない。彼が知っていたのは、そのくらいのことだ。ありふれた話だ。

庄八の稜線の鋭い美貌は、握り拳のような顔立ちが多い百姓のなかで、きわだっているといえばいえるが、気質の鈍重さが、その美貌をいささか滑稽なものにしていた。

事件の後、彼は庄八の家を訪れている。家族は祖父と母親、兄が一人。土間だけの家に黙々と暮らしている。女のきょうだいもほかに何人かいるのだが、庄八に似て縹緻《きりよう》のよい姉妹は、みな判人に売りわたされ家を出た。

捨松が傷を負わせた代償に儀左衛門から渡された銭や食糧は、ずいぶん一家をうるおしたようだし、その後も、庄八が横山家に顔を出せば、米だの雑穀だのをやるようになった。そのたびに、捨松は父から撲たれる。捨松は兇器、庄八は傷口という、この上なく密接な絆《きずな》が生じ、更に、捨松もまた傷口になるという逆転が生じ、近ごろは、二人は行動をともにすることが多い。

丈高い草がざわめいた。女はのろい手つきで着物の前をあわせた。捨松も褌を締めなおしていると、結び終えぬうちに、男が二人近づいてきた。二人とも、武家の仲間小者《ちゆうげんこもの》といった風態である。

男たちは横柄に、この場所に立ち入ってはならぬと言いわたした。

「何してであす」

捨松は言いかえし、褌をぐいと締めながら立ち上がった。男たちが気圧《けお》されてたじろぐのを、気分よく見下ろし、

「ここは、俺どこの萱場であす。俺が家《え》は、肝煎の横山儀左衛門であす」

更に高飛車に言いつのると、男たちは、かえって、ほっとした様子をみせた。肝煎の身内なら、話の通じないならず者とはちがう、腹をたてたからといって、むやみに乱暴もすまいと安心したのだろう。おだやかに談合する口調になった。

「肝煎どんの息子か」

「そうでやす」

「だら、村の者にもよく言ってくろ。明日、御鷹匠が野仕込みをいたすによって、このあたりを誰《だん》も荒らしてはなんねえと」

「野廻りの御先触れであすか。御苦労なこってございやす」

捨松は言葉だけは丁重に言い、悠々と股引を穿き、行《あえ》べと庄八をうながした。女も、まだ眼にうるみを残しながら、小走りに捨松の後を追った。


さよは、家紋入りの絹布の夜具をたたむ。下女たちが拭き上げた奥座敷の畳に半日ひろげて干してあった夜具は、黴《かび》のにおいも消え、ふっくらとふくらんでいる。押入れにしまいながら、今夜は長江さまがこの夜具でやすまれるのだなと思う。白い雛が、もう野仕込みをするほどに育ったのか。

奥座敷の欄間から縁から隅々まで拭き清めたり、上厠の溜壺に臭気止めの杉の葉を敷いたりするのは、城方の御役人衆を迎えるとき、いつもすることだが、今度は御鷹御用とあって、御鷹の水浴びのための桃の葉を集め、生き餌の小鳥を捕え、その小鳥の餌にするみみずやけらを集めるなど、用が増えた。ものいりなことでなも、と、女房のおきみ叔母ともども手伝いに来ている分家の仁兵衛叔父は、父の意をむかえるように顔をしかめてみせる。薄い眉の根が盛り上がり、縦にみぞを作る。

御鷹匠が止宿するとき、米塩代が一応支払われはするが、それは菜っ葉一枚分といいたいような笑止《しょうし》な額で、ほとんどはこちらの負担になる。負担分は、組合村と宿村が七分三分の割合で持つ。それも、味噌が一人一昼夜あたり銭三十二文とか、薪が八十五文とか決まっており、取り決め以上にかかった費用は宿村がひきうけるのだが、御宿をするとなったら、肝煎の面目にかけても疎略な扱いはできず、御鷹匠が十二分に満足されるよう凝《こ》った酒肴もととのえねばならぬ。村の者のふところは余裕がないから、とどのつまりは、横山家が途方《ず》もない出費を余儀なくさせられるわけで、迷惑この上もない、と、仁兵衛は、明らさまに不服を口に出せぬ立場の儀左衛門にかわって語るのだという態度を露骨に、愚痴たらたらである。

疎略に扱わぬといっても、あまり内福と思われても困るのだ、そのかねあいがむずかしい、とも、仁兵衛は言った。

御鷹匠の一行が到着したのは、日の暮れ方であった。門前に儀左衛門と儀一郎、仁兵衛が紋服で出迎え、そのとき、さよは、祖母の指図で女たちが膳部をととのえるのを手伝っていた。御鷹匠は二人、それに撃手《すけまい》が二人随行しているとのことで、黒漆蒔絵の本膳が二組、お供の膳は格が落ちる。

祖母は、前日磨きをかけた膳をもう一度布巾で拭いながら、竈の前で立ち働く女たちに、御鷹匠にも御鷹にも粗相のないようにと言いわたす。

「御鷹は公方《くぼう》さまのお許しがねえだら、お大名であっても自儘に飼うことはできねえ恐《おつけ》え鳥さまなのだ」

その御鷹をあずかる御鷹匠に無礼をはたらくことは、即ち御鷹への無礼、ひいてはお殿さまへの御無礼となり、途方《ず》もないお咎めを受ける、心しておもてなしすべし。

お念仏でもとなえるような祖母のいましめの声をききながら、さよは、長江周吾の貧しい住まいを思い浮かべた。長江さまだけが貧しいのではなく、御鷹匠のどの家もが似たようなものなのだろう。長江周吾の、ほころびを丹念につくろってある色褪《あ》せた衣服や、農家の女たちのように菜漬けを箸ではさんでとってくれたその姉の小竹を思うと、ものものしい丁重な迎え入れは、何かそぐわない気がする。しかし、じれったいほど、長江周吾の顔立ちは思い出せないのだった。

味噌鍋の鮒は、前日、川に簗《やな》をしかけておいてとったものである。祖母は味見してうなずき、さよに、二階で着替えてくるよう命じた。

猿袴を脱いで、こざっぱりした縞木綿の袷を着ける。裾前がたよりなく開きそうで、さよは膝頭を寄せあわせた。猿袴なら、立膝でも平気な、のだが。

手鏡をのぞき、形ばかり髪をなでつけた。階下におりると、祖母と、仁兵衛の妻のおきみ叔母が、身仕舞をととのえていた。

盛付のすんだ膳を三人で奥座敷にはこぶ。鷹に会える、とさよは思った。

敷居ぎわに膝をつき、祖母にならって頭をさげた。祖母の華者な手が襖をひき開けた。

「母でござりあす。これは、手前の末娘《よてこ》でござりあして」

父がひきあわせたが、叔母の名はあげなかった。分家《わかされ》の嫁は名もないもののように扱われる。

頭をあげると、床柱を背に、鷹匠が二人あぐらをかいていた。一人は五十がらみ、もう一人も四十を過ぎた年ごろの、見知らぬ男たちであった。

考えてみれば、御鷹匠が野先御用で泊まられるとさよは告げられたけれど、その名前

までは きいていなかった。春には野仕込みに出る、その折はおまえの家に泊まろう。そう語った長江周吾の言葉が耳に残りすぎていたのだ。

二人の擎手は玄関につづく前座敷にくつろいでおり、境の襖は開けひろげてあった。鷹は、と、さよは座敷を見わたした。奥座敷の床の間の近くに紫色の布をかぶせた籠らしいものがある。あのなかにいるのだろうか。

「在郷《ぜえご》のことで不調法《ぶちょほ》でございあすが、まず、ゆるりと、あがらはんしてくんなんしょ」

祖母が腰をかがめ這いつくばるようにして膳をすすめた。二人の御鷹匠より父の方が貫禄があると、さよは思った。

さよと祖母はすぐにひきさがったが、おきみ叔母は給仕に残った。父と儀一郎、仁兵衛が酒の相手をつとめた。

外出《そとで》していた捨松も戻ってきて、おめいで夕餉をとっているとき、儀一郎が下がってきた。

「わァ、肩《へぎ》はった。ばあさま、酒くろ」

ふっと、甘えるような幼い表情をのぞかせた。横山家の後嗣《あととり》として、いつも背骨を強引にのばしているような儀一郎が、時たま祖母にだけちらりとみせる甘えた表情は、さよには、親しみのあるものに思えた。年の差が、そのときだけちぢまるような気がする。

「座敷で飲《でい》んだべ」

「あだ酒、美味《んめ》ぐねわ」

大徳利から茶碗に注いだ酒を口にはこび、「松」と呼びかけたとき、儀一郎はやわらかい表情を消していた。

「おめ、庄八《しょっぱ》と乞食女《ほいどびて》かまァてたべ」

あ、とも、う、ともつかぬ短い咽声《のどごえ》を、捨松は出しただけであった。

「好《え》えべ」しばらく間をおいて、ぼそっと言うと、儀一郎はすかさず、

「好《え》ぐね」と、声を険しくした。

「そんとき、御鷹匠の撃手に見咎められて、横山の一族《まき》のものだと語ったべ」

「う」

喋っちょだなや、彼奴《あいつ》、と言い捨てて、捨松は自分の湯呑に酒を注いだ。白眼に血の筋が赤く浮きだしはじめているのを、さよは見た。

「おめ、知んねのか。御鷹匠の野廻りは、御鷹の仕込みのためだけではねえのだぞィ」

儀一郎が声をひそめたので、その言葉は、いっそう皆の注意をひいた。土間で飯を食っている男衆も、さりげなく耳をそばだてた様子だ。

「会津ばっかしでねえ。将軍さまの御鷹匠も、仙台も南部も、どっこもな、御鷹匠はみな隠密さ、しらってるのだぞ」

「隠密ゥ？」

「んだ」

真剣に、儀一郎はうなずいた。

「俺だちのことも、なんでかんで調べあげて、お城さ知らさるのだ」

野廻りという名目で、領内を綿密に検分し、一揆の気配、不穏なものの侵入などを調べるのだと、儀一郎は言いついだ。かくし溜めてある屑蠟をさよは思い出し、あれもみつかったらお咎めを受けるのだろうかと、どきっとした。

乞食や浮浪人を領内に立ち入らせてはならぬとされているのに、おまえは、まっ昼間、道端で……

「道端でねえぞ。俺家《おらげ》の萱場だ」

と、捨松はさえぎって言った。

同じこんだ、と儀一郎は言ったが、萱場で、と言いなおし、乞食女をかまっていた、これだけでも本来ならお咎めを受けるところだ、その上、御鷹匠衆は、おめえが庄八の眼を潰したことまで、も早、知っておられたぞ。

「御鷹匠はは、いまがいま、おめえを咎めもしねべけんじよ、父っつぁが、途方《ず》もなく腹立《ごせや》いでるぞ。お城方の前で恥さらしたつうて。おめえ、明朝《あしたさ》げまで、どこさか隠れてろ」

それを一言捨松に告げるために、儀一郎は座敷をぬけ出してきたのだと、さよは察し、少し嬉しかった。

立ち上がりかける儀一郎に、

「あの籠ん中に、鷹がいるんけ」さよは訊いた。

「いるけんじょも、おめが届けた雛っ子とはちがう鷹だ。気性の荒え出鷹だすけ、戯《あだ》けてさわるんでねえぞ。気ィ立ってっから、喰っつかれるぞ。昨日《きんな》も一昨日《おどでな》も、餌食《か》せてねえのだと」

「何して食せねの」

「腹へってる方が、いっさんに獲物さかかるのだと」

「酷《むぞ》いな」と、てんこ盛りにした飯を汁といっしょにかっこみながら、捨松が言った。

「何がむぞい」

「三日も食せねしたら、むぞかんべ」

「語ってんでねえ。おめが、むぞいなんちゃ言えっか」

　儀一郎はきまじめに呆れ、

「生き餌食せたら、生き餌の小鳥がむぞかんべ」

　理屈っぽく、眉間に皺をたてて言いかえした。

「おれの鷹ア、まァだ野仕込みしらんねのけ」さよは言った。

「おめえの鷹でねえべ」

　儀一郎は笑い、

「長江さま、おぼえてっぺ」

「ん」

「長江さまが、塩川の方で仕込んだはんなると」

「見てな」

「いま来らってる御鷹匠の安藤さまな、長江さまの伯父《おん》つぁだと」

「御鷹匠ァ二人いてっぺ。どっちが安藤さまけ」

「年上の方だ」

儀一郎は、足早に座敷にもどって行った。

飯を食べ終わった捨松は、儀一郎の言葉にしたがって父の目から身をかくすために、土蔵ででも夜を過すつもりか、松明を持って出てゆく。

火に気をつけろと、祖母がその背に言った。


翌朝、野仕込みに出る一行を見送る父たちに、加わろうかどうしようか、さよは迷った。なぜ気が進まないのか、はじめ、その理由が自分でもわからなかったが、ああ、そうかと思いあたった。何事も、最初の感動ほど鮮烈なものはない。鷹を身近に見るよろこびを、あの雛子のために、とっておきたいのだ。

そう思ったが、父や祖母にせきたてられ、いやだと拒みとおすほどの大事《おおごと》でもないと思いなおした。気性の荒い出鷹というのを見たいという気持も、強かったのである。

玄関から長屋門までの飛石の道に沿って、見送りの者は並んだ。儀左衛門、儀一郎、祖母、仁兵衛叔父とおきみ叔母、そうして、さよ。小腰をかがめる前を、玄関を出た一行が通って行く。二人の擎手が露払いといったふうに先に立ち、荷物持ちの人足として徴集された横山家の男衆が二人、つき従う。前後を護られた鷹匠は、二人とも、昨夜の深酒が残っているとみえ、けだるそうに欠伸《あくび》を嚙み殺す。

鷹は、四十代の鷹匠の拳に据えられていた。

さよは、いささか、はぐらかされたような気がした。まだ見ぬものに対する期待が、あまりにふくらみすぎていたのだ。鷹は、思ったよりはるかに小さかった。幼いころ、二、三度、野仕込みに来て泊まった御鷹を見た記憶では、ちらりとのぞき見しただけなのだけれど、威圧するような体軀を持っていた。幼いときは、周囲のものがすべて大きく見える。いま、間近に見る鷹のいかつい貌《かお》は、野卑ではないが、とりたてて気高いとも感じられず、禽獣《きんじゆう》の持つ薄汚れたにおいを、この鳥も持っていた。眼のまわりの、皺がたたみこまれた薄皮は醜く、不気味でさえあった。朝日を受け黄金色の眸が光った瞬間、清冽《せいれつ》な凄みがほとばしったが、その光はすぐに消えた。肢につけられた大緒の朱房は、ぼろぼろにほつれていた。

「お粗末あげましてござりやす。お気をつけて道中しらんしてくんつぁりあせ」

儀左衛門が送り出しのあいさつをのべているとき、ふいに鷹が翼をひろげ、鎮めようとする鷹匠を尻目に、舞い立った。

華やかな扇のように陽を翳《かげ》らせ、ひるがえる朱房がなまめかしくさよの眼にうつった。妖艶な一瞬の舞いは、殺戮《さつりく》につづいた。

忽然と、土蔵の上の空に、鳩が一羽いたのである。下から追いあげた鷹は、身を逆さにし、鳩に吸いついたようにみえた。もつれあって、たちまち上下は逆転した。一つになって下降するまわりを、四散した羽毛が、供奉《ぐぶ》する蝶の群れのように、ただよった。鷹は下から肢を蹴り上げ鳩の胸に鉤《かぎ》のような爪を打ちこんだのだと、ようやく戦法がさよにも理解される。

地上の鷹匠たちは、ジョーイ、ジョーイ、と、鷹を見上げて叫ぶ。

「上意」と叫んでいるのだと気づき、この緊迫したときに、さよは笑いだしそうになった。殿の御上意であるぞ、と鷹をはげまし、鳩をさとしているつもりなのだろう。もっとも、すでに慣習化し、たいして意味のないきまり文句のかけ声になってしまっているのだろうけれど、男たちがただうろうろとしながら、「上意、上意」と叫んでいるさまは、こっけいだった。

地に下りた鷹は、翼をひろげ、鳩をその下に伏せ込んだ。

「上意、上意」と口々に呼ばわりながら、まず擎手たちが駆け寄った。鳩を奪ろうとすると、鷹は威嚇《いかく》するように嘴をくわっと開けたが、それ以上はさからわなかった。一声啼いたのが、憤怒《ふんぬ》の声のように、さよにはきこえた。

鷹匠が咽声《のどごえ》で呼ぶと、鷹は拳に戻ったが、胸毛は逆立ち、昂《たかぶ》った殺気をまだ漂わせていた。

擎手は腰の袋から小刀をとり出し、すばやく鳩の胸身《むなみ》を裂き、切りとった肉片を鷹匠にわたした。鷹匠の手から、鷹の嘴に、それは与えられた。

革の鞢《えがけ》をはめた鷹匠の拳にとまった鷹の鋭い爪は、血の痕をとどめてはいなかった。しかし、血で磨きあげられたように、凄愴《せいそう》な美しさを増したと、さよには感じられた。

咽《のど》をとおった肉片に、鷹は鎮まった。

禽獣の薄汚なさとみえたもの、あれこそが彼らの美しさなのだと、さよは識《し》った。人間からは、すでに削ぎ落とされてしまっている、目になじまないものであるから、不快と感じられるのだけれど、禽獣はそのままで完全に美しいのだ。人間の方が、何か欠落しているのだ。彼らには、美も醜も不要で、だからこそ美しいのだと、さよは拳の上の鷹に見惚れ、その嘴と爪の先端が、削りとられて鈍くなっているのに気づいた。さよは、身慄いした。

長江周吾の伯父、安藤とかいう五十がらみの鷹匠は、大緒の端をしっかり持っていなかったのかと、鷹をそらせた男を叱った。

さよは、土蔵の窓からこちらをのぞいている顔を、目の隅に見た。捨松であった。鳩は、松っつぁがあの窓から放ったのだと、直感した。鷹の生き餌にと捕獲してあったなかの一羽にちがいない。そうして、それがさよのためになされたのであることも、捨松の顔を見たとたんに、わかった。警告するように、さよは首をわずかに振った。過剰な親切は、いくぶん重荷に感じられた。すぐに、さよはそれを忘れた。

地面に残る鳩の血を踏み荒らして、鷹匠たちは出立した。鷹と鳩の闘いよりも、いましがた目にしたのは、鷹の野性と人との闘いの一端だったのだと、さよは感じた。

御鷹匠の宿泊は、一夜だけであった。野仕込みに出たその足で、大内峠を越え、下野街道を南にとり、次の泊りは倉谷ということであった。鷹の生き餌にと集められた小鳥は、獲物がなかったときに使うのか、擎手が籠に入れて持ち去った。

　儀一郎は、御鷹匠の言葉を心のなかで反芻《はんすう》する。京都守護職の任にある藩公は朝廷の信任厚く、公方《くぼう》さまからも信頼を受け、忠義一途につくしておられるが、不逞浪士の跳梁《ちょうりょう》甚しく国事は多端をきわめている、というようなことを御鷹匠は説き、この非常のときにあたり、領民一同節倹につとめ、年貢、冥加金、運上金の増額に不服を唱えず、滞りなくおさめるようにというのが話の眼目であった。この年、南山御蔵入は、預り地から正式に藩領になったのである。鷹の仕込みはほんのつけたりで、領内の動静の把握と、領民に忠誠を求めることが野廻りの目的であることは明らかだった。百姓でも働きようによっては士分にとりたてる動きのあることも、彼らはにおわせていた。

　甘い言葉にのるなと、儀左衛門は儀一郎や仁兵衛に言った。わしたちの身上《しんしょう》は、わしたちで護らねば、裸に剝かれて放り出される。

　儀一郎は、遠い京や江戸の擾乱《じょうらん》を思った。この南山の草深い地にあっては、世の動きは、租税の取り立ての強化という事を通してしか感じられないのが歯がゆく思われる。横山家は農家ではあるが、同時に、大商人としての才覚も十分に持ちあわさねば、世の動きからとり残されるのではないか。世情を広く的確に掴まねば。そう感じながら、具体的な行動の目安がつかないのがもどかしかった。江戸の様子をこの目で見てきたい。攘夷《じょうい》開国の論議がかまびすしく、それが流血の惨事の因《もと》となっているときいても、何を是とし何を非とするのか、判断のしようもない山中にいる。紫蕨《ぜんまい》の買付人が来たら、江戸に帰るとき同道させてもらおうか、父の許しが得られたらの話だが。そう思いつくと、期待に胸が明るんだ。

悪い血が騒ぐ。そう、さよは思う。

扉を閉ざした土蔵の高窓から、光の帯が流れこむ。人気《ひとけ》のない土蔵の隅に、さよは、いる。

のどをそらせ、鷹の羽で一撫でする。

鷹の殺戮《さつりく》を目にすることによってめざめさせられた血の騒ぎだろうか。鷹は、鳩の肉片を与えられることによって、鎮められた。いまが酷寒の冬であったら、雪のなかをまろびころげ、刃のような冷たさに肌を搏《う》たせれば、騒ぎたつ血は鎮まるのかもしれない。父が捨松を打擲するのも、母がゆきずりの浄瑠璃語りに破滅を承知で身をまかせたのも、この荒れる血のせいだったのだろうか。

やわらかい春の陽射しは、身内に滾《たぎ》る力を削《そ》ぎ落としも和ませもせず、真夏の強い陽のように一気に煽《あお》りたてもしない。

泡立ち波立つ血の騒ぎを、外に見せては危険だと、本能が告げる。陶器のように清潔な硬い皮膚の下に危く燃えるものを包みかくし、あどけない微笑をつくる。鷹が落とした羽を、さよは手箱にかくしておいた。

土蔵のなかで、さよは皮膚の硬さを消し、のど首から胸に鷹の羽を這わせる。腋窩に触れ、衿元をくつろげて、薄紅い乳房の先を撫でる。裾をひらき、腿の付け根を撫で、くすぐったさに、小さい笑い声をたてた。

きしんだ音がし、細い光の筋が床にのび、筋は少しずつ幅をひろげた。さよは、身仕舞をなおした。だれが入ってくるのか。松っつぁならいいが、とさよは思う。儀一郎や父であれば、詮索するような咎めるような目でさよを見るだろう。その目によって、無邪気に淫《みだ》らな遊びは、醜い淫らな色に染められる。捨松なら何も言わない。さよが芯から笑顔であるだけで、捨松は満足する。

夏が過ぎ秋が深まり、紅葉が黒ずむころ、木地師の弥四郎が来た。背に負った櫃を、おめいの板敷きに下ろした。枯れた紅葉が櫃の上に散っていた。

「おさよっの衣櫃《きんびつ》は、おれが作ったのし」

と、弥四郎は言った。

死ぬときの用意までととのったのだな、と、さよは、漆で腐敗からまもられている衣裳箱に手を触れた。

さよを嫁にという話がもちこまれたのは、夏の終わりごろであった。春に止宿した御鷹匠安藤加右衛門から、甥の長江周吾の妻に申し受けたいという意向を伝えてきたのである。百姓とはいえ、横山家は苗字帯刀をゆるされた家柄であるし、さよを、まず、安藤家と親しい士分の家の養女とし、それから長江家に嫁がせることにすれば、身分の上でのさわりはない。婚儀の前に数ヵ月、安藤家で行儀見習をせよ。そういう申し越しであった。

横山家の身上をあてにした縁組だ、と、儀左衛門は即座に言った。武家といっても、相手はたかだか十石の切符取、公の身分はあちらが上でも、内情はこちらの足もとにも及ぶまい。こちらの内福なことをみてとり、さよが家族にいつくしまれていることも察し、嫁に迎えれば、親が生計《たつき》に不自由はさせまいと、算盤《そろばん》が先に立った縁談《はなし》なのだ。さよはまだ十四、嫁にやるにはちと早すぎますと辞退すると、なんの、今が今、手ばなせというのではない、祝言《しゅうげん》は来年でよい。年明けて十五となれば、もはや子供でもなかろう、と、こう言われた、と儀左衛門はうっとうしげであった。

だれよりも乗り気になったのは、儀一郎であった。江戸行きの希望は、頓挫《とんざ》していた。紫蕨《ぜんまい》の買付けに来た問屋の者は、いまどき江戸に上るなど、とんでもない話だと、情況を語ったのである。一昨々年《さきおととし》、大老の暗殺という大変な事件があったが、その後も、英吉利西《イギリス》の公使が水戸藩士に襲われたとか、去年は老中が攘夷浪士に襲撃されたとか、血なまぐさい事件は絶えず、「お江戸のお町は飢謹《ママ》も同前、諸色《しょしき》は残らず高直《こうじき》、ところが喰物はねえぞい、お米が五合湯銭が十文、覚えぬ永あめ世間は騒動、御救小屋でもできそなものだに、何も沙汰なし、新米乞食《おこも》がたくさんできます」と、当節はやりのちょぼくれというのを一節《ひとふし》うたってきかせ、江戸市中は、この戯《ざ》れ唄のとおり、尊攘派の浪士やそれに便乗した御家人浪人が横行し、それを取締まる役目の歩兵組が、浪士に輪をかけた狼籍《ろうぜき》をはたらき、手がつけられない。市中の治安は極度に悪化している。物価は文政、天保の二、三倍。江戸にくらべたら、ここの暮らしは極楽じゃと言って、儀一郎の頼みをとりあわなかった。

儀一郎が藩士との縁談に乗り気なのは、世のなかの政治的な動きが、藩士を通じてなら、かなり迅《はや》く正確に耳に入ってくるのではないかと思ったからである。ことに、御鷹匠は、御庭方のように探索方を兼ねる。縁戚になったところで重大な秘密は明かしてもくれないだろうが、少なくとも、世のなかがどちらの方向に動いているのか、その見とおしはつけやすいにちがいない。

長江周吾の妻になって、さよが不倖《ふしあわ》せになるとも思えなかった。士分といっても、百姓の家と大差ない気さくさだ。雪に閉ざされ、炉縁で背をかがめ苧を績《う》んで暮すより、明るく開放された雰囲気もあるように、儀一郎には思える。

苧を績むかわりに、付け木に硫黄を塗る手内職か。そう思ったとき、長江周吾の姉小竹を儀一郎はありありと思い浮かべた。すると、何か息づかいが荒くなった。さよを嫁がせるかわりに、あのひとが俺家《おらげ》の嫁に来てくれねべか。これまでは、そんなだいそれたこと、と、意識にものぼらせないできた。しかし、長江周吾の嫁の実家ということになれば、対等な家格と考えてもいいのではあるまいか。長江周吾は彼と同年だから、小竹は彼より二つ年上である。母親を早くになくして以来、小竹が家の切り盛りをしてきた、ときいている。そのために婚期を逸したのだろう。名前のとおり、なよやかでしかも凛《りん》とした勁《つよ》さを儀一郎は小竹に感じていた。彼の周囲の女たちにはないものであった。気位の高そうな小竹を組み敷く手応えを、彼は想像した。

安藤加右衛門からもちこまれた縁談を受けるか辞退するか、相談は、儀左衛門と儀一郎、仁兵衛のあいだでかわされた。いずれにしても、決断を下すのは、儀左衛門であった。相手が肝煎の家の惣領とでもいうのであれば、暮らしのすみずみまでわかるのだが、下級の藩士となると、ためらいも大きい。

祖母は口出しせず、つくねんと背を丸めていたが、

「徒士《かち》たら貧乏《びんぼ》たかりだべ」

と、ぼそっと言った。その言葉がはずみになったように、儀左衛門は、

「化粧田の五反も持たせてやるべ」

と言った。結論が出たのである。

秋のはじめの一月《ひとつき》ほど、さよは、安藤家に行儀見習いに行かされた。長江周吾の住まいの筋向かいであった。安藤の家族は、加右衛門夫婦と息子が二人。娘はすでに他家に嫁いでいた。拭き掃除やら食事の仕度やら手内職の手伝いやら、こまごました仕事に、

さよは追いまわされ、御鷹部屋にいる巣子に心を馳《は》せるゆとりもなかった。周吾や小竹が訪れてくることもあったが、祝言《しゅうげん》前というけじめからか、周吾の家に招かれることはなかった。

一月はたちまち過ぎて、さよはいったん実家に戻った。嫁ぐときに衣裳を入れて持参するた衣櫃《きんびつ》も、とどいた。

「弥四郎」

「ん？」

呼びかけてみたものの、べつに弥四郎に話すことはなかった。櫃に押しこまれた母の姿を思い出すまいと、さよは頭を振った。

農家の者が士分の家に嫁ぐのであるから、安藤加右衛門の妻の遠縁にあたる産物役所小役人笠井方に養女として入り、そこから嫁ぐという手続きを踏まされた。結納も長江家と笠井家のあいだでとりかわされた。さよは、結納の日は、儀一郎と男衆につきそわれ、笠井家におもむいた。倹約令にしたがい、酒肴をかわすだけの簡素な儀式であった。

安藤家に行儀見習に行かされた一月のあいだといい、この結納の日といい、さよは、何か、軀だけがだれともわからぬものの手で動かされているような気分であった。嬉しくも悲しくもなく、めざめてはいるけれど、思考も感情も睡っているような状態だった。

祝言の前日、さよは再び儀一郎につきそわれ、衣櫃だの長持だのをかついだ男衆を供に、生家を出立した。本来なら、花嫁衣裳を着け馬の背に横坐りに乗り、行列をととのえ、父や祖母もむろん同行するところなのだが、正式の嫁入りは笠井家から出ることになる。父と祖母は遠慮した。

捨松がよそよそしくなったのが、さよは気にかかっていた。鷹の羽で軀にいたずらをしていたのを見られたけれど、あのことが原因ではないと思われる。冷ややかな目でさよを見るようになったのは、さよの縁談が決まってからである。さよが嫁ぐのが気にいらないのか、とも思った。しかし、いとしんできたものを奪われるのが腹立たしいというのなら、もう少し熱い感情が目の色にひそんでいそうなものだ。

日の暮れ方、外郭、城の天守を東北にのぞむ花畑西通りの笠井家に入った。御鷹匠組町と似た徒士《かち》の町である。家のつくりも、長江や安藤の住まいと似かよっていた。

座敷と家人の常居《じょうい》、板敷のおめい、土間、そういう間取で、在郷のような中門造りではなく、直家《すごや》であり、土間はごく狭い。

にわかに母と呼ぶことになった笠井家の妻女は、下女に手伝わせ、風呂を沸かして待っていた。五十に近い。背が低く、小肥りな軀をこまめに動かす。

男衆は荷をおめいに積み上げて帰り、儀一郎はその夜は博労町の旅籠に止宿した。

翌日は朝早くから髪結がきて、高々と島田に結い上げ、家から持参した白無垢《しろむく》に着替える。絹物をまとうのは、はじめてのことだった。百姓及びその妻女は地布木綿の外は着てはならぬ、絹、紬《つむぎ》がかたく停止する、と藩の掟でさだめられている。掟にそむけば着物ははぎとられるのだが、肝煎の場合は、一般百姓の上に立つ頭であるから罰は更に重く、はぎとられた上に過料をとられる。藩士の衣服も身分にしたがって細かく規制されており、長江家や笠井家のような徒士は平常は布木綿、紬着用は儀式のときのみで、その妻女も、紬をゆるされるのは婚礼の晴着ばかりである。

絹のしんなりした冷たい肌ざわりが、快かった。さよの帯をきしきしと締めあげた笠井の妻女が、

「懐刀《ふところがたな》は?」とたずねた。

「そだなものは……」さよは驚いて、

「持っておりやせんでござりあす」

「懐刀を持参せなんだ?」

妻女は剃りあとの青い眉根をひそめた。

「あの……入用なものでござりあすかなも」

「当然のたしなみでありやしょうが。苗字帯刀をゆるされた肝煎どんといっても、百姓は百姓だなんし」妻女は吐息をつき、「無《ね》えだら無えと早くに言えば、当方でととのえたものを。かりそめにも、わたくしはこなだの母親。懐刀を持たせずに嫁がせたとあっては、笠井の家の恥辱になりあす。祝言の席で、こなだも笠井の者も、みな、笑いものになりあすべい」

「無調法《ぶちょほ》いたしあした」

「懐刀は、唯《たんだ》の飾りではねえのし。事あるときは、家名を恥ずかしめぬよう自害せんため、肌身はなさぬものでなし、刀が殿方の魂だら、懐刀は女《おなご》の魂であすべ。ほかのものだら、わたくしのものを貸してもつかわすがなし、懐刀はのし、祝言のときばし借物で形ばしととのえても、ふだんの覚悟がねえだら、何もならねのし」

さよは頭をさげた。結いあげた髪が重く、前にのめりそうになる。

「もし」

と、境の板戸越しに儀一郎の声がした。旅籠《はたご》を出て到着し、おめいに控えていたらしい。声は筒抜けだから、はらはらしていたのだろう。

「在郷《ぜえご》のもの知らずで、まことに途方《ず》もねえ無調法いたしあした。これから、わたくしがとんでいって、どこぞで懐刀を買いととのえてまいりあすで、了見《りようけん》なされてくんつぁりあせ」

「祝言の朝げに、あばとばして懐刀を買いととのえるなんちゃ、なおのこと物笑いの種になりあすべ。こだな心がけでは、先が思いやられあすなし」

叱言《こごと》にけりがついたのは、座敷にいた笠井の主《あるじ》が、早く仕度をすませないと、遣行《やらいぎよう》の客が集まってくる刻限だぞと、気短かにせきたてたからである。懐刀の用意がないそうで、と妻女が苛立ちをかくした声で言うと、とりあえずは、我が家にあるものを貸せ、と笠井は命じた。いま、この場で武士の妻の心がけを説ききかせる暇はあるまい。あとの躾《しつけ》は、長江の周吾と小竹さんにまかせればよかろう。

「何と申しても、わたくしの落度になりあすがなし。皆さまがたに、何と言われあすことか」

と、妻女は浮かない顔で、錦の袋におさめた懐刀を戸棚から出し、さよの帯のあいだにぐいとさしこんだ。

妻女は、気をとりなおしたように、

「さて、旦那さま、横山家の兄《え》つぁ、美《うづく》す嫁さまを見てくんなはんしょ」

と、襖を開けひろげ、さよの手をとって座敷にみちびいた。

やがて、笠井の親類縁者が、三々五々に訪れてくる。座敷と常居《じょうい》、おめい、すべての間仕切をとり払い、集まった人々は花嫁を褒め、盃をかわしあう。遣行と呼ばれる祝言の日のならわしである。さよにとっては儀一郎のほかは他人ばかり、父も祖母も捨松も、分家や親類の者もだれ一人いない遣行であった。

町駕籠の迎えが来た。農家の者は嫁入りに乗物を使うことを禁止され、禁を犯せば過料を課せられるが、藩士の家族であれば、鋲打のような贅沢なものでなければ、駕籠の使用はかってである。さよは、生まれてはじめて駕籠に乗った。

揺れながら、駕籠は、南町口から郭内に入り、大町通を北に進む。右手に内堀にかこまれた鶴ケ城の石垣がそびえ立つ。

郭内は大身の知行取の拝領屋敷で占められ、ことに、城の周囲に沿った一帯は、梶原平馬、内藤介右衛門、西郷頼母、萱野権兵衛、田中土佐、神保修理など、家老重臣の宏壮な屋敷が、城を守護するように練塀をつらねる。

懐刀が肋骨《あばらぼね》にあたる。さよは、ふいに、自分が抜きさしならぬ場所に移し変えられつつあることを意識した。苗木がすっぽり引き抜かれ、他の土に移し植えられるように。長江の家に嫁ぐことが、喜ばしいことなのか望ましくないことなのか、これまで判断のしようもなく、とんとんとはこばれてゆく成行きを、他人事のように茫《ぼう》っと眺めていたのだが、懐刀が胸骨に与える痛みが、さよを覚まさせた。

白い鷹の雛を巣から引き抜いたときのことを、さよは思い出す。鷹の運命を、あのとき、おれはねじ曲げたのだな、と思った。

帯のあいだから懐刀を錦の袋ごと抜きとった。鶯色の地に梅花を織りだした袋を眺め、「借りものだ」と、つぶやき、再び差した。心に、何かうっすらとしこりのようなものを感じる。決まった鋳型に嵌《は》めこまれ、はみ出す手足を断ち切られねば、長江周吾の妻にはなれないのだと、胸骨の痛みが教える。

甲賀口から郭外に出、東に道をとると、ほどなく鷹匠組町のある千石町である。

長江周吾の家の前はすがすがしく掃き清められていた。物見高いのは徒士も在郷者もかわりはないとみえ、うこぎの垣の前に女や子供が立って駕籠から下り立つさよを見物する。

笠井の妻女に手をひかれて玄関に立ち、出てきた小竹に頭をさげると、

「まず、あいさつは後にして、おてつきあがらはんしょ」

と、小竹はさよの手をとり、おめいに招じ入れた。そこでは、手つだいに来ている女たちが膳部の仕度をととのえていた。

「嫁御寮は、祝言の席では『高森』を三箸しか食《け》ねのして、いまのうちに、おてつき食《け》ておかんしょ」

小竹は小皿にとりわけたお萩をさらに小さく箸でちぎり食べやすくして、さよに渡した。

厚い帯で胸をしめつけられ、食欲が起きるどころではない。目の上にかぶさる綿帽子もうっとうしい。

「おさよさん、せっかくだで、あがらんしょ」笠井の妻がすすめる。

座敷にはもう客が集まりはじめ、長江周吾が相手をしているとみえ、周吾をひやかす安藤の笑い声がきこえる。

「おがさまも、おてのこ一つあがらはんねが」

「あれ、まず、ざんまいしてくっさんしょ」

と笠井の妻は遠慮し、さよから目をそらさない。礼儀作法をわきまえぬ賤《しず》の娘が、少しでも粗相があっては仮親の我が身が恥と、はらはらしているさまがみてとれ、いっとき、人形になったつもりで、この儀式のあいだをやりすごそうと、さよはひっそりうつむいている。恥というなら、このように、意志も心もないもののように扱われ、見えぬ鎖にがんじがらめにされていることこそ、屈辱だ。

儀一郎は、門前まで送ってきたが、中には入らずたち帰った。

鷹と暮らせるのだ、これからは、とさよは思った。目を閉じると、人の姿は消え、御鷹部屋の鷹たちがさよをとりかこんだ。

とろりとした酒が、小さい波紋をひろげながら朱塗りの盃に注がれてゆくのを、さよは綿帽子の下からみつめる。苗木の根に土がかけられ固められてゆくように感じる。袢を着けた長江周吾は、まるで見知らぬ人のようにみえる。

嫌だと拒む理由は何もない。徒士の暮らしは貧しいという。しかし、横山の家も、内福だときかされ、事実、土蔵に塩やら味噌玉やら穀物やら米やら溢れるほどに蔵されてはいるけれど、さよには、それらは無縁に近い。さよが腹をみたすのに入用な米塩の量はわずかなもので、それにこと欠かぬというだけが、さよにとっての豊かさの証しであった。日々の仕事の内容は下働きの女たちとさして変らない。間《ま》なしに働きづめに働かなくとも、いくらか気ままがゆるされ、手習いの暇も与えられていることぐらいが、下女との差であった。もっとも、その差がどれほど大きな意味を持つものか、さよはこのとき、まだ十分に感じとってはいなかったのだけれど。

長江の家とかぎらぬ、肝煎の家であろうとどこであろうと、嫁がされることに心が浮き立たぬのは、同じなのだろう。そう、さよは思い、かすかな波紋の残る盃を、生まれてはじめて紅をさしたくちびるにはこんだ。

ここから、道一つへだてたところに御鷹部屋がある。しかし、そこは、女が気安く出入りすることの叶わぬ場所なのだろう。鷹と暮せると思ったけれど、夫を通して、わずかにその影に触れるだけのことかもしれない。屑蠟を溜めるたのしみはなくなってしまったな。この儀式に一本の絵蝋燭が灯されていたら……と、さよは思った。華やいだ光がすべての色あいを一変させるにちがいない。いっときの幻かもしれないが、その幻のなかにのみ生きつづけることができたら、それはもう、幻とはいえぬ。言葉も心もかよわぬ大人たちのあいだに素手素裸のような状態で置かれた少女の、幻は、唯一つの護身の武器であった。

盃事のあと、さよは、仲人である安藤加右衛門の妻女に手をひかれ、常居に退いた。綿帽子をとり、白無垢を色物の衣裳に替え、髪を結いなおす。かなり手間のかかるそのあいだに、座敷では酒宴がはじまった。

座敷に戻ると、さよの前には、客設けの本膳と常使いの椀を用いた膳と二通りが並べられ、常使いの椀には飯がうずたかく盛りあげてある。これを高森と呼ぶのだと、前もって教えられてある。教えこまれた作法どおり、さよは高森の飯を三箸、本膳にとりわけて口に入れ、安藤の妻女が残りを聟の膳にうつした。聟はこれを残らず食すのがしきたりだそうだ。綿帽子をとったので、いくらか視野がひろくなった。長江周吾は、くったくなく、大盛りの飯を平らげていた。

小刀、火針、錐、抉《くじり》、鈴、鈴板、と、常居で鷹道具を点検する夫の手もとを眺めている。糠雨が、隣家との境のうこぎの垣にやわらかく降りそそぐ。祝言から二十日あまり、鷹小屋からときどききこえる生き餌の小鳥の声にも馴れ、耳に入ってもほとんどきこえなくなっている。

夫の身のまわりの世話は、小竹が手早くすませるから、さよは厨の水仕事や裏庭の畑仕事を受け持つのだが、夫が鷹道具の手入れをはじめると、傍で見守らずにはいられなくなる。ほかのことでは厳しい小竹が、そのときは口やかましく咎めはせず、夫の御用を大切に思うのはけっこうなことだと、口調があたたかみを帯びる。

小刀は、嘴を削る急刃と、爪を削る平刃の二種がある。火針は、長さ五、六寸、さしわたし一分ほどの鉄針の先端五分ほどを鉤に曲げたもので、火中で焼いておき、削りすぎて血を噴いたとき、おしあてて血止めする。

鹿角で作られた抉は、足革をつけるときに用いる。鯉の頬骨で製した鈴板は、鷭《ばん》や雉子を狩るとき、鷹の身寄羽の根元につけ、その上に鈴をとりつける。獲物を追って草叢《くさむら》に降りた鷹の処在を知るためのものである。

さよが問いかけると、夫は、このようなことを気さくに教え、

「ええ音だろう」

と、鈴を薄い貝殻に似た鈴板に打ちつけた。

更に、長さ三尺ほど、一端は房状になり他の一端は先を尖《とが》らせてある棒を手にとり、

「これは策《ぶち》といってな、御鷹の羽並をととのえ、また水に濡らして鷹の口中を洗うのに用いるのだ」

と、身ぶりをまじえた。

「鷹が口のなかをいじぐらえて、腹立《ごせや》がねのであすか」

「鷹の心のうちはわからんの」

「わかんねのすか」

「わからん」

気むずかしくはない夫だが、さよがたずねないかぎり、自分から御用向きのことを口にはしない。そうして、あまり話しかけると、小竹に、はしたないと叱られるので、夫と言葉をかわすことは少なかった。

この日は、小竹は手内職物を問屋にとどけに他出したので、非番の夫と家のなかに二人だけになった。祝言以来、この家に来てはじめてのことだ。このように親しげに夫に寄り添っているところを小竹に見られたら、「甘《そば》えるんでねえのし。見苦《みぐ》っせえ」と、ぴしっときめつけられるだろう。

小刀の研ぎや火針の錆び止め、策の洗浄などは擎手にまかせる鷹匠も多いが、周吾は小道具の手入れは嫌いではないようで、自分の手で丹念に研ぎ、磨く。

「御鷹匠だら、鷹の心のうちは、手にとるみでにわかっていると思いあしたがなも」

「そだなことはない」

「だら、何して、あだに鷹をあやつれるのであすか」

「何してかな」

と、周吾はとりあわなかった。

さよが、弥四郎といっしょに獲り、儀一郎とともにここに連れてきた雛子は、もう羽がぬけかわり、立派な成鳥となっているだろう。また、野仕込みの際、さよの宿に泊まったあの気性の荒いという出鷹、鳩を翼で地に縫い伏せたあの鷹。それらの消息を、夫にたずねてみようと、さよは思った。これまで、切り出す機《おり》がなかったのである。あ

のなし、と言いかけたとき、

〝年長者のいうことにそむいてはなりませぬ〟

ふいに、隣家から、甲高い少年の声がきこえてきた。

〝年長者には、おじぎをせねばなりませぬ。虚言《うそ》をいってはなりませぬ……〟

「あれは、何でございあすべ」

以前にもきいたことがある。雛をとどけにここに来たときだ。

「遊びの什《じゅう》に集まった子供たちが、『お話』をきいているのだ」

と周五には言い、

「お話でございあすか」と不審顔なさよに、さらに説き明かした。

会津藩は藩士の子弟の教育に力をいれている。十歳になると、上級藩士の子弟は日新館の素読所に、下級藩士の子弟は花畑丁及び甲賀町の素読所に通学するのだが、学齢にみたない九歳以下六歳までの少年たちは、昼前は適当な師のもとで素読、習字を学び、午後は、遊びの什という寄合を持ち、各自の家を持ちまわりで集まる。そうして、申し合わせの八箇条――これを『お話』という――を最年長の什長が唱え、『お話』にそむいた者はなかったかどうか、吟味する。自分から告白するものもいれば、他人に指摘されるものもいる。他人に告発されるのは、大きな恥辱である。

〝卑怯なふるまいをしてはなりませぬ。弱い者をいじめてはなりませぬ。戸外で物を食べてはなりませぬ。戸外で女の人と言葉を交えてはなりませぬ〟

ならぬことはならぬものです、と、ひときわ声をはりあげて、『お話』の声はとだえた。

「わしは、遊びの什で、無念をたてさせられたことがある」

珍しく、周吾は雑談の口調になった。無駄話は習慣にないらしく、堅苦しいわけではないのに、必要以外のことはめったに喋らないのである。

「無念を立てるちゃ、何でござりあす」

「『お話』にそむいたときに受ける罰の、一番軽いものだ。什長に無念を立てなさいと命じられ、皆にむかって、無念でありました、と詫びるのだ」

「何して罰さ受けらったのすか」

「戸外で女の人と言葉を交えてはなりませぬとあるが、わしは姉上と道ばたで立話をしておった」

「姉さまでも、話してはなんねのすか」

「什長の判断一つだな」

「恐《お》っけえことでござりあすなも」

ならぬことはならぬものです、という最後の一条は、弁解無用ということだ。

小竹の帰ってきた気配に、さよは口をつぐんだ。口をつぐむ自分が、少し歯がゆく思えた。

「おさよさん、雑巾《じょうきん》とってくなんしょ」

小竹が土間の方から呼ぶ。さよは小走りに出迎え、雑巾を濡らして絞り、手わたした。

「人さ物をわたすときは、突っ立ってねえで、膝をつきなっせ」

幾度も言われているのだが、いそぐと、忘れる。

下駄をぬぎ、小竹がはねのあがった素足を拭っているとき、

「入《はえ》っと」と野太い声と共に、のっそりと男が入ってきた。雨水をふくんだ笠をとり、背負った大籠を土間に下ろす。さよがよく知っている横山家の男衆であった。大籠の上をおおった渋紙に雨水が溜まっている。男衆は蓑もぬがず、口上もなしに、半ばうずくまった姿勢のまま、あとじさりして出て行こうとする。

小竹が問いただすような目をさよにむけたので、

「俺家《おらげ》の男衆でございあす」小竹に言い、

「何だえ、これは」男衆に声をかけると、

「筍だ」ぼそりと言う。

「父っつぁまが持たせてよこしたがん？」

「あ」

男衆は、そのまま、出て行った。後を追って、祖母や父、兄たちの消息をたずねたいと思ったが、小竹の厳しい目が、さよの足に釘を打った。

「おさよさん」

小竹は声をあらため、

「こなだ、俺家《おらげ》の男衆と申したの。したが、こなだの家は、この長江家において、ほかにはありますめ」

「無調法いたしあした」

籠の中をあらためろと、目で小竹は命じた。

土間に下り、渋紙をはずす。

「水を土間さ撒《ま》けねで」

渋紙のはしを持ち上げ、雨水を外にこぼさぬように流しにはこんで捨てた。

大籠の中には、黒々と泥のついた筍が、雨に濡れた鹿の毛のような色をみせ、二十本近くつめこまれてあった。

小竹は、太い形のいいのを三本とりわけ、

「おさよさん、これを安藤さまにとどけなっせ」

そう言ってさし示したのは、三本抜いてもまだ減ったようにもみえぬ大籠の方であった。

「こだに沢山《しこだま》、けてやるのすか」

「我が家はわずか三人。筍は煮てもじっき饐《す》えますべ。横山家《え》から、安藤さまにとどけてきたと、口上を添えて、あげなっせ」

実家が、長江のもとにばかり届けものをして、仲人をつとめた安藤家をなおざりにしたのは、不ゆきとどきだったのだと、さよは思った。

「そしてがに、安藤さまに、長江方にとどいたのは三本だけであったと、それとなく、言わっし。必ず、言わっし」

小竹は、そう言いそえた。

さよは、このときは、小竹の、保身のための巧みな配慮がわからなかった。同じようなことが時折あり、さよもいくらか年長《た》けてから、悟ったのである。裕福な肝煎百姓の娘を嫁にしたということで、周囲から、いくぶんの蔑《さげす》みといくぶんの嫉《ねた》みをまじえた目をむけられている。届け物を、親しい数軒の家にばかり裾わけすれば、ほかの家の者がおもしろくない。そうかといって、鷹匠組のすべての家にわければ、ほんの少量ずつになる。筍一本ずつを十七戸に配り歩くのも大仰《おおぎょう》な話で、みせびらかしているという謗《そし》りも受けかねない。小竹は、処分を安藤の家に肩代りさせたのである。安藤家なら、当主は年長であり、仲人に横山の家が礼をつくすのは当然であるから、嫉みや謗りの声は起きまい。そう、小竹は判断したのであった。

安藤の妻女は、大喜びで大量の筍を受けとった。

翌日、小竹は、筍の煮付けを小鉢に盛り、布巾をかぶせ、隣家に届けるよう命じた。

南山御蔵入《え》《り》の家《え》から筍が三本ばしとどきあしたので、お粗末でござぃあすが、昼のお菜《せ》にあがらはってくなんしょ。

小竹に口うつしに教えられた口上を、口のなかでくりかえし、隣家の土間の戸をあけた。

　声をかけても返事がないので、中をのぞきこみ、さよは、小鉢をとり落とし棒立ちになった。

　座敷との境の戸が開いており、奥まで見とおせる。

　床柱を背に端座しているのは、この家の九歳になる息子であった。それが、鞘を抜き払い白紙を刀身に巻いた短刀の切先《きつさき》を、双肌脱いだ脇腹に突っ立てようとした瞬間だったのである。

　小鉢の割れるけたたましい音に、少年は、はっと手を止め、さよの方に目をむけた。

とたんに、

「不覚な！」

　厳しい声がとんだ。少年の傍に、その母親——この家の妻女——が、これも端然と坐っていた。立ちすくんでいるさよをちらりと見たが、まるで無視し、少年にむかって、

「あれしきの物音に驚いて何としあす。いつ、いかなる場所で腹切ることになるかわからねえのすぞ。まわりでいかなることが起きようと、心静かにやりおおせなせ。いま一

度、やり直しなせ」

あの、と声をあげようとし、侍のすることに口出ししてはならないのだ、と、日頃の小竹の言葉をさよは思い出した。見ていてはいけないのではないか。見たくもない。しかし、物音をたてるのもはばかられる。さよは土間にへたへたと坐りこみ、目を固く閉じた。割れた小鉢のかけらが着物をとおして脚に刺さったが、その痛みも感じなかった。

しばらく何の物音もせず、やがて、

「まず、今日はそれでええがしょう。明日は、仕損じらんなや」

妻女の声がし、つづいて、足音がこちらに近づいてくる。瞼を開くと、座敷では、三方や短刀を少年がとりかたづけていた。血の痕はどこにも見られない。

妻女はおめいに来て、土間に散った小鉢のかけらや土に汚れた筍の煮物を見下ろした。

「何とまず、惜《いたま》しな」

「とんだ粗相いたしあした」

さよはうろたえ、筍や小鉢のかけらを拾い集める。

「小竹さんの心づくしであすべ。可惜《あったら》ことをしらんしたなし」

妻女は土間に下りて、かたづけに手を貸し、さよの着物の前裾が切れて血が惨んでいるのに気づいた。

「あれ、怪我しらったんでねえの」

白布を手早く出してきて、これで手当てをしらんせと、渡した。

「腹切る方はまねごとであすのに、おみさんが脚切らったなし」

妻女は笑い、藩士の幼少の子弟は、素読所から帰宅すると、まず切腹の稽古をし、それから昼餉《ひるげ》をとり、遊びの什に加わるのだと教えた。

恐怖を、さよは感じた。しかし、長江周吾の妻としては、恐いなどと思ってはならぬ、十にみたぬ少年の切腹を、みごとと認めなくては、この組町に棲息できぬのだとも、感じていた。ありのままの感覚を、一つ一つ、この組町の掟に照らしあわせて取捨せねばならないのか。

隣家を出たさよは、重い足で、我れ知らず道を横切っていた。御鷹部屋の前である。小鳥たちの啼き声が、ふいに耳を打つ。ぴいと鷹の声が混る。

日が経つにつれて、御鷹部屋が、思ったほど閉ざされた場所ではないとわかってきた。他の役と異なり、御鷹部屋勤めは、私生活と公生活が分離しきっていない。巣子は鷹匠が自宅で飼育し、そのときは家人も手助けして御用をつとめるし、育てた鷹への愛着から家人が鷹部屋に出入りしたり、泊まり番のときは家人が何かと差し入れたりもする。擎手は鷹部屋内の長屋に住んでいるのだから、その家族が敷地の中を自分の庭のように行き来し、擎手の子供などは、お鷹ぴぃよぉ、ぴぃよぉと啼き声をまね、小鳥小屋のそばではねまわったりしている。詰所や鷹の小屋に近づいて騒ぐことは禁じられていたが。

そのように、鷹匠の家族にむかっては開かれた鷹部屋に、さよが足を踏み入れるのをためらうのは、結婚したてであるため、周吾が同輩にからかわれる種になるということのほかに、小竹が夫に甘えてはならぬと厳しい目をむけるためであった。

御役をつとめている夫の傍《そば》にすり寄っていたいなどと、わきまえのないことはさらさら思わないが、鷹は心にかかった。

鷹匠組は、活気がなかった。これまで、代々の藩公は軍事教練を兼ねた鷹狩りに熱心であり、鷹匠は、微禄とはいえ華やかなお役目であった。藩公の大切な御鷹をあずかる権威を笠に着ての横暴なふるまいさえ大目に見られた。しかし、弘化三年（一八四六）美濃高須の松平家から養子に迎えられ、十二年前、嘉永五年（一八五二）、十八歳で九代藩主となった容保公は、国許に止まる暇はなく、鷹狩りの御沙汰どころではないのだった。したがって、御前で妙技をふるう機もなく、鷹匠が命じられるのは隠密御用ばかりで、鷹の仕込みもなおざりになっている。

会津藩家臣団の組織は、外様と呼ばれる武官と近習と呼ばれる文官にわけられ、鷹匠組は近習の御用人所に属する。風雲急な世情に、外様は足軽の末にいたるまで、気負い立っているが、御絵師だの御茶道頭《おさどうがしら》だのは、働きどころがなくなっている。このような事情が、さよにも少しずつ呑みこめてきていた。

梅雨に入ったころ、安藤の妻女が食当たりで寝込み、小竹が泊まりこみで手伝いに行くということが起きた。その日、御鷹部屋から帰宅した夫を、さよは、はじめて一人で出迎えた。

つつましく、声もあげずに軀をまかせる、悦びを知らぬ夜に馴れていた。襖一つでへだてられた隣室に、今夜はだれもいないとわかっていても、乱れるほどの悦びは起き

ず、いつものようにひっそりと抱かれ、その後、夫の軀を拭った。満ち足りて健やかに眠りかける夫に、

「旦那さま」と小声で呼びかけた。

「わたしが兄《せな》と連れてまいった雛子は、達者に育っておりあすか」

「『雪白《ゆきじろ》』か。達者だ」と答えた声は、半ば眠っていた。

「安藤さまが野仕込みに連れてこらした出鷹も、達者でおりあすか」

「『青嵐』は、死んだ」

周吾は、あっさり言った。

「何してござりあす」

思わず詰《なじ》るような口調になった。鷹の羽毛で肌をなぶった感触が、すうっと甦った。

「寿命ゆえ仕方《さた》あるまい」

「そだに年寄りでござりあしたか……」

「いや、御鷹はな」

周吾は、眠りこむのをあきらめたように、さよの方に顔をむけ、御鷹部屋で飼われる鷹は、どうしても短命になるのだと言った。野性の鷹の寿命は三十年だが、鷹狩りに使

われる鷹は、およそ半分、十五年の命しかもたぬ。狩りの前は、極度に飢えさせる。鷹は食い溜めができるので、何日も食べさせずとも、すぐには死なない。餓死の寸前まで飢えさせて、獲物にかからせる。この間合をあやまると、死ぬこともある。いずれにせよ、無理を強いられるのだから、寿命が半ばになるのもいたしかたないことなのだ。

「さて、おまえも寝《すさ》れ」

そう言った後に、軽い寝息がつづいた。

青々と伸びた稲穂は、夕陽を浴び、わずかにそよいでいる。田の畔に立って、捨松は、兇暴な力が軀のなかに湧くのをおぼえる。酒でも入って自制の箍《たが》がはずれたら、田に踏みこみ、青い稲穂をひきちぎり踏みにじり咆哮《ほうこう》するだろう。辛うじて押さえているのは、田を荒らそうものなら父に殺されると思うからだ。

さよが嫁ぐとき化粧田を五反もくれてやれと父が言ったと知って、そのとき捨松は、先きゆきが仄明るんだように思った。常々、田畑山林はそっくり儀一郎に継がせる、分家はたてぬと、儀左衛門は言っていた。分家を枝わかれさせ田畑をわけ持たせてゆけば、横山本家の身上《しんしょう》が細る。捨松の巨軀——父に言わせればくそ力——は、ひたすら、本家の若旦那《わかだんぼ》儀一郎につかえるためにある、と父はみなしている。死ぬまで、父と兄に飼い殺しにされるのだ、と、幼いころは気づかなかった己れの立場が、いやでも見えてくる。

おさよコに田ァ呉《け》てやるだら、おれもやがては分家《わかされ》しられっぺな。

祖母にたしかめると、わかんね、と祖母は低く言った。

仁兵衛叔父のように、ことあるごとに本家のために働かねばならぬとしても、分家させてもらえれば、一家の主、嫁とりも意《こころ》のままだ。

兄とは、このことについて語る気にもならず、父のきげんのよさそうなときをみはからって、おずおず、たずねた。

何ぼ言ってきかせてもわかんねのか。父の折檻の薪ざっぽうが、いつものように降ってきた。儀左衛門は、膂力《りょりょく》では長男をはるかに凌ぐ次男を、徹底的に慴伏《しょうふく》させねばならぬと思いさだめている。

打たれながら捨松は、人はだれでも、何かしら憎しみの対象を持たずにはいられないものなのだろうかと、漠然と感じた。しかし、彼自身は、まだ、父をその対象にしてはいなかった。父に、かすかな甘えすら持っていた。父が力強く仮借ない存在であることが嬉しくもあったのである。

さよをいつくしむ情《こころ》が、一打ちされるごとに冷えるようだった。おさよっは、田ァもらった。いままでは、捨松がさよを庇護《ひご》していた。しかし、さよは化粧田を持ち、自分は無一物となったら、さよの下に、おれは立つことになるではないか。

化粧田をさよがもらったわけではないと、捨松が知ったのは、つい最近のことである。儀一郎の口からきかされた。儀左衛門は、もののはずみであぁは言ったが、結局、田をさよの名義にはしなかった。ただ、さよが不自由しないように、折々に米だの作物だのを届けるというだけのことにしたのだそうだ。

そうきかされて、捨松の父に対する腹立たしさは、鎮まるかわりに、いっそう強まった。

おさよっも田ァもらえなかったのか、何か冷え冷えと淋しい怒りが、それをきいたとき、捨松を捉えたのだった。

捨松の憎しみは、周囲の人間にむけられるかわりに、田にむけられる。欲しい、と思う。おれのものだら、何ぼでも手ェかけて愛《め》ごがってやるのに。愛しかえしてくれぬ女にむける怨み憎しみに、それは似ていた。まだ青く固い穂の上を、夕風がわたった。

捨松は歩きだした。怒りより淋しさが強まった。平地の少ない土地なので、田は山裾や谷あいに散在する。藩の命令で植樹させられている漆は青い葉を茂らせている。落日がすべてのものを黄金色にふちどる。

捨松がのぞいたのは、根太が腐って倒壊しそうな庄八の家であった。畳敷きの部屋どころか板敷きもなく、土間ばかりで、囲炉裏《ゆるい》のまわりに籾殻と筵を敷きつめてある。籾と藁を詰めた箱床には、庄八の祖父が衰弱しきった軀を横たえ、母親と兄が筵に鍋釜を包みこんでいた。庄八も荷作りをしている。逃散《ちょうさん》するつもりなのだと、捨松は即座に悟った。

庄八の母親と兄は、捨松を見ると、ぎくっとして手をとめた。庄八だけは表情を変えない。

老人が掠れた声で捨松に何か訴えかけた。暗い咽から出る声は風に鳴る破れ紙のようで聞きとりにくいが、置き去りにされると嘆いているらしい。たるんだ薄い皮膚が骨にはりついた顔であり腕であった。ちょっと小突いただけで息が止まるのではないかと思われる。

「庄八《しょっぱ》、何して行ぐと」

庄八の母親と兄は、這いつくばって、見逃がしてくれと言った。なぜ行くのだと訊くまでもない。食えないからだ。庄八が物乞いに来ても、横山の家では、このごろ、ろくに米も稗《ひえ》も与えなくなっている。

つい先ごろ、京でいくさがあったということを、捨松は、父と兄の話から聞きかじっている。倒幕をめざす長州藩が天皇を奪取する目的で挙兵し、蛤《はまぐり》門を守備する会津藩兵と戦火をまじえ、長賊は敗退したと、そんな情報を儀一郎が父に語っていたのだが、捨松はたいして興味は持たず、ただ、大砲や西洋砲購入のためにと高額の税が百姓に割りあてられたのもそのいくさのせいだなと、それだけがはっきりと理解できたのだった。

冬のあいだ、庄八の兄は江戸に出稼ぎに出ていた。屋根葺きの腕をみこまれ、ずっとこっちで仕事をしないかと言われたのだが、そうもできないと春先に帰ってきた。しかし、肝煎からの借財がかさんで、いくら働いても手もとには何も残らず、借財は何やら利が利を生むようで……と、庄八の兄は朴訥《ぼくとつ》に口ごもりながら、今年の穫れ高をそっくり納めても、まだ借りが残って来年にくり越される、そう思うと働く精もなくなる。いっそ……と、つづけ、また口ごもった。

「黙っていてやるだで、行げ」

捨松は言い、爺さまはどうするのだと訊いた。母親と兄は、深い吐息をついただけであった。

「黙っていてやる。したって、庄八は残れ」

名指されて、背をむけてかがみこみ荷を作っていた庄八は、ふりむいた。

「庄八は残れ。したら、何も言わねでやる」

う、と鈍重に庄八はうなずいた。

庄八は、捨松の唯一の所有物であった。そう、捨松はみなしていた。彼としては、注げるだけの愛情を、この年長の相手に注いでいるつもりだった。

庄八の母親と兄が出ていったら、俺がこの家に庄八とともに棲んでもいいな、と彼は思い、その思いつきが気にいった。ここでは、彼はこの家の主《あるじ》《や》になれる。庄八の一家が耕作していた田畑は、俺が責任を持つ。やがて、なしくずしに、ここを根城に彼が分家を立てるようになれるかもしれない。彼の憶測は、そこまで一気にひろがった。

「庄八、おめは逃げるんでねえぞィ」

捨松は念を押し、う、という鈍い返事をきいて満足した。

その日は、いったん家に戻った。さよが嫁いでから、家のなかはいっそう寒々しくなった。田畑を手に入れられそうなので、捨松は、やさしい気持でさよを思い浮かべた。

翌日、捨松は約束を守ったかどうか案じながら、訪れてみた。がらんとした土間に箱床が置かれ、老人は口を黒い穴のように開け、仰のいていた。捨松が入って行くと、眼だけ動かして迎えた。他の者の姿はなかった。

「庄八はどこさいる」

田ァだといったようにきこえた。ふむ、と満足してうなずき、その足で田に行ってみた。

庄八はかがみこんで、稲と勢いを争って茂る雑草を抜くのに余念なかった。捨松も田に入って並んだ。この田は俺のものにする、と思った。

その夜、家に帰ってから、捨松は儀一郎を土蔵に呼び出した。父の耳に入らぬところで、まず儀一郎に話をつけねばならなかった。

庄八の一家が逃散した、と捨松は告げた。

仕方《しっしょ》ねえと儀一郎は言い、更に、したって、あいづの面《つら》ァ見ねですむだら、気味ええべ、と言った。

庄八は残ってっつォ。

何と、まず。何して庄八ばし残ったがん。

あの田畑《でんばた》な、俺が世話やぐで、まかせてくろ。何だって明き田にはしておけねべ。作男の二、三人、おら方《ほう》につけてくろ。

お父《ど》にきかねば、と言いかける儀一郎に、

兄《あに》ゃから言ってくろ、と、捨松はかぶせた。

俺ァはァ、庄八の家《え》さ泊まっから。

分家《わかされ》を立てるために十九歳の捨松が一心に考えた布石であった。

Ⅲ

屋根の嵐窓を閉ざした御鷹部屋の漆黒の闇のなかに、さよは佇《たたず》んでいる。架木《はこぎ》にとまった『雪白《ゆきじろ》』の体振《たぶる》いする気配がつたわる。闇は、二坪にみたぬ小部屋を無辺際の曠《こう》野《や》に変える。

嫁いで丸四年になる慶応四年（一八六八）の春、御鷹部屋は、ほとんど女たちが管理するところとなった。

莫大な犠牲を払って禁門を護り、京都市中の平安のために力を尽し、先帝の信任も厚かった会津藩主容保公が、なぜ突然朝敵の汚名を着せられたのか、なぜ、長賊と薩摩、土佐が官軍を名乗り、会津は賊軍の忌《いま》わしい名を冠せられ干戈《かんか》を交えるのか、多くの下級藩士でさえ合点がゆかず茫然としている。まして、さよに、政権奪取の複雑な仕組などわかりようもなかった。

先帝崩御の後、まだ少年の新帝をかつぎ、幕府を瓦解させ、政権を我が手にした薩長は、東北の雄藩を根こそぎ潰すつもりでいる。ことに長州は会津に私怨を持っているから容赦ないのだと、さよが聞き知ったのは、そのくらいのことであった。

二月、藩主容保は帰国し、京で戦った藩兵、江戸詰の藩士とその家族らも、あいついで帰国してきた。

藩は、国家老田中土佐、神保修理らの名で、尾張、肥前など二十二の藩に嘆願書を送り恭順の意をあらわす一方で、軍備の充実をはかり抗戦に備えた。

三月十日、軍制が改革された。

改革の中心は、洋式に改める、年齢別に編成する、農町兵を募集する、の三点である。

編成は、武官文官を問わず、十八歳から三十五歳までを朱雀隊、三十六歳から四十九歳までを青竜隊、五十歳以上を玄武隊、十六、十七歳を白虎隊とし、更に身分によって、士中、寄合、足軽、の三つに区分した。

この約二千八百人を主力に、第一、第二砲兵隊、築城兵、遊撃隊を加えた三千余人が正規軍として組織された。

農民は、二十歳から四十歳の者二千七百人ほどが集められ、町方は町兵隊を組織し、猟師、修験者、力士なども兵力に集められ、士分並みに帯刀をゆるされた。

また、会津藩には地方家人《ちかたけにん》と称される身分の者があり、士分ではあるが在方に住み、禄米のかわりに土地を与えられ自ら耕す半士半農の暮らしをしている。この地方家人は一つに集められ、『正奇隊』を編成し、白河方面の守備につかされた。

旧幕軍の士は自発的に隊を作り、会津軍と呼応すべく参集しはじめた。ことに、旧幕府歩兵奉行大鳥圭介ひきいる伝習歩兵第一、第二大隊、第七連隊など二千余人は、下総《しもうさ》に集結、関東一円の新政府側の藩に攻撃をかけつつ会津にむかう。

新政府軍もまた、会津攻撃の作戦をすすめ、越後長岡には山県有朋らの軍が攻撃をかけはじめた。

会津軍は、旧幕陸軍の助力を得て、日光口、越後口、白河口、大平口、米沢口に兵を出し、四境の防備を固めた。この国境守備軍には、一中隊に二十人ほどずつの農兵が加えられた。

十七名の御鷹匠も、年齢に応じ、朱雀、青竜、玄武の各寄合隊に配属され、

十六、十七歳の少年は白虎寄合隊に加わった。

長江周吾は朱雀三番寄合隊に配属された。

御鷹匠頭は二人おり、組町を離れて居住しているのだが、御鷹の処置の裁可を藩公に仰ぐ暇もなく、青竜隊士として出陣した。藩公をかこむ重臣たちの軍議は、御鷹の処置などにかかずらう余裕はない切迫したものである。そうかといって、残った女たちの一存で大切な御鷹を解き放つことはできない。再び和平のときがきたら、御鷹御用が必要になろう。そのときのために、御鷹は女たちが責任をもって世話をすると、申しあわせた。

生き餌を捕獲するのが役目の餌指も、足軽隊士として出陣したので、その女房たちが鳥指をつとめる。

出陣前の慌《あわただ》しいひととき、さよは、夫から鷹を据えるすべを学んだ。安藤加右衛門の属する玄武寄合隊は市中の警護にあたるので、安藤は時折は帰宅して、女たちに助言を与えることもできる。

鷹を馴らすには、真の闇を必要とする、と周吾は教えた。夜目のきかぬ鷹は、闇のなかでは攻撃をしかけてこない。暗闇の鷹部屋で、極度に飢えさせた後、鳩の頭をとり胸の皮を剝いだ〝丸鳩〟に喰い付かせる。

もっとも、『雪白』はすでに十分に人に馴れているから新規に出鷹を馴らすような困難はない。さよになつかせさえすればいいのだ。

鷹は、犬のように人になつくものではない、と周吾は言った。もちろん、こちらは愛情をもって鷹に接するのではあるが、要は、野性の鷹の本能を人間が利用するかけひきなのだ。

――そうして、鷹の三十年の寿命を半分に削り減らすのだ……。周吾が『青嵐』の死を告げたときの言葉を思い出して、さよは、そう心につぶやいた。傷《いた》ましいと思うと同時に、飼育調教の非情さ凄まじさに、何か心惹かれる自分に気づいていた。

周吾の手文庫には、写本の冊子が入っていた。その一部は、鷹の捕獲及び調教の次第を記したものだが、残りの大部は、鷹に関する礼法をことこまかに記した書であった。

鷹の授受一つをとっても、庭に於て行なうのと屋内とではやり方が異なり、また、禰津流、屋代流、持明院流、吉田流など、各流派によって、大緒を指にかける順序だの、着座の仕方だの、実に煩瑣《はんさ》な決まりがある。

〝吉良家の伝には、繫ぎたる鷹を見るには、架の際にて少し膝をかがめ手を膝につき、まず顔を見、次に身寄、次に手先を見、その後相恰後を見越して見る〟とか、〝貴人の鷹は足の間より胸顔へ見上ぐべく、同輩の鷹は胸を見、下輩の鷹は顔より見る。これ上中下の作法なり〟とか、〝兄鷹は手先より弟鷹は身寄より見初むべし〟などと、鷹を一見するだけのことに、これだけのうるさい決まりがある。

贈るとき架に繫ぐ式法も、大鷹は七鎖、兄鷹は五鎖、小鷹は三鎖につなぐと定めてある。

貴人に鷹を渡すには、まず着座して膝脇に手をつき頭を膝のあたりまで下げ伏す。次に策《ぶち》をぬきて鷹に五方をあて、策を膝上に握りて立ち、敬意を表して据う。そのとき貴人側に寄らるれば、策をおさめ、大緒の巻を一巻ほごし、房の上になるように掌上にのせ、拇指にて巻をしかと押留め、据拳と大緒とを目八分にささげ、外目せず鷹を渡す。

……

鷹はまるで、陶器の置物か茶器のように扱われている。鷹の熱い血は、この文言のどこにも感じられない。

さよは、放り出すように、礼法書を手文庫にもどしたのだった。

黒闇の御鷹部屋で、そっと手をのばし『雪白』の胸毛にふれるとき、いっさいの礼法は不要だ。指先で胃のふくらみぐあいを確かめ体調を感得する、必要なのはその修練であった。

緊迫したときであるにもかかわらず、若松城下は、歌舞伎芝居が繁盛し、遊女屋が賑わい、まるで浮き浮きと華やぎたっているかにみえる。三ノ町の芝居小屋の前には役者の名前を染めぬいた幟が並び、音曲が町すじに流れた。景気を盛り上げているのは、おびただしく出廻った贋金の流通であった。二分金、一分銀、二朱金、一朱銀の巧妙な贋金が、地から湧くように溢れて、蜃気楼めいた賑わいをもたらしているのだった。

夫の持物をかたづけているとき、さよは、思いがけないものをみつけた。手ずれした数冊の絵草紙である。『夕ぎり』だの『稲妻草紙』だのと題のついた草双紙の、卑俗な絵柄は、さよの血を騒がせた。ふだんは鳴りをひそめ、あるとも気づかぬ妖しい騒ぎであった。

眺めている背後に、すらりと小竹が立ち、絵草紙をとりあげた。黙って厨《くりや》に行き、竈の火にくべた。その後で、亡くなった父が、御鷹御用で江戸にのぼったとき、土産に求めてきたものだ、とうに処分されたと思っていたのに、と、いくぶん弁解じみた口調で言った。隙をみせたことのない小竹が、珍しく狼狽をかくした様子に、さよは親しみをおぼえ、小竹もひそかにこの絵草紙に読みふけったことがあったのだろうと思った。灰になってしまった文字に心が残った。

周吾が出陣し、二人だけで暮らすようになってから、小竹は以前より険が薄れたように、さよは感じる。生計はますます逼迫《ひっぱく》してきてはいた。藩の財政そのものが、ほとんど破綻に瀕していることは、さよが嫁いできてからでも二度にわたって行なわれた俸禄の削減や、諸官の役はもちろん婦女子にいたるまで諸事省略、衣食住の不自由をいとわず、〝武威御引立成られるより外無之《ほかこれなく》……〟という度重《たびかさ》なる通達によって、さよのようなものにも、ひしひしと感じられる。

横山家からの届けものは滞りがちになった。下野街道、松川新道の一帯から日光口にかけ駐屯の諸隊に米塩の供出を命じられ、その運搬に人手もとられ、手がまわらなくなってきている。それでも、小竹とさよ、二人だけの家族が飢えないほどの配慮はあった。

さよは、ひどく窮乏しているようには感じなかった。カテ飯と汁物を腹が満ちるだけ食べる以上の贅沢を、幼いころから知らないで過してきている。裏庭に作る青物の世話ぐらいは、片手間でできる。御鷹部屋に出入りでき、『雪白』を馴らそうとつとめる毎日に、仄かなあたたかみさえおぼえていた。日光口守備の夫が凱陣するころは、鷹を自在に扱えるようになっているだろう、夫も驚きよろこぶだろう、と、さよは闇のなかで、『雪白』の胸を撫で、鳩の胸身を与える。

生家から食糧をとどけに来た男衆が、捨松が農兵の募集に応じたことを告げたのは、閏四月に入ってからであった。

瀑布《ばくふ》のなかにいるように、豪雨は全身を打つ。斧を振り上げる捨松の腕を、痺《しび》れるほどに雨が叩く。水の壁のむこうに、密生した樹々や立ち働く兵の姿が滲む。

いったん田島に集結した日光口守備隊は、今市攻略のため、山王峠を越え下野に入り、五十里《いかり》を過ぎ、二、三の前哨戦に遭《あ》いながら、小佐越を通り、大桑村まできたところで、足をはばまれた。土州兵十小隊が守備する今市まで、わずか二里足らずの地点なのだが、連日の霖雨《りんう》に、鬼怒川の支流大谷川が氾濫し橋が流失していたのである。総督大鳥圭介以下の諸将が相議し、荊沢《おとろざわ》の辺に架橋し、大沢口より兵を進めると決した。近くの村々から徴集した男たちを先導に立て、一里ほど奥まった山中に入り、架橋に必要な樹木の伐採《ばっさい》にかかったのである。

捨松が農兵募集に応じたのは、父に命じられたためであった。父儀左衛門は、藩から農兵の員数をととのえるよう命じられたのである。農繁期であった。強壮な男手を徴発されるのは、どの家も苦痛である。肝煎の息子が率先して応じたとあれば、あとの募兵がやりやすくなるという、儀左衛門の心づもりであった。帯刀をゆるされ実態は足軽同様とはいえ一応士分の資格を与えられるというのは、捨松にしても心惹かれることだったが、それより何より、兵務を終えたら、いま耕作している質地は正式に捨松の名義にし、その他にも田畑をわけ与えて分家させてやるという父の口約束に、とびついたのであった。

農兵は二十人ぐらいずつ各隊に分配され、捨松は、田中蔵人を隊長とする朱雀二番士中隊に配属された。農兵は戦力としてはあまり期待されず、もっぱら、雑役だの荷運びなどに使われてきた。

しがらまり伸びる長大な白くち蔓が、最良の橋材になる。元口のさしわたしが三寸から五、六寸もあるものを選び、身の軽い地元の猟男《さつお》が樹にのぼり、蔓の梢《うれ》を鎌で払い、枝のまたからはずす。下では、農兵や足軽組の者が蔓の根元を挽き切り断ち切る。一本で二十間もあろうという巨大な蔓を、一里の道をひきずって村まで下りる。更に、さな木にするための、径二、三寸の雑木を伐採し、枝をはらってはこび帰る。

蔓のなかで、もっとも長大かつ強靭なものをえらび、九本敷綱とする。これらの手順は、もっぱら、地元の農夫や猟師たちが教えた。

川岸の二本の立木を利用し、横木を根元にわたす。火で焙《あぶ》ってやわらげた敷綱の一端を横木に結びつける。

ついで、何より困難な作業にかかった。敷綱を、川を渡り越えて向う岸まで張り渡さねばならないのである。

大桑村まで進攻してきた守備軍は、捨松が配属された朱雀二番士中隊のほかに、朱雀三番寄合隊、朱雀二番足軽隊、青竜二番寄合隊、更に大鳥圭介がひきいてきた旧幕兵から成る大隊のうち、第一、第二の二隊、という陣容である。このなかから、泳ぎの達者な者を十数人、まず募った。捨松も加えられた。

縄で数珠《じゅず》つなぎになり、更に、それぞれの腰縄を敷綱に結びつける。そうして、下帯一つになり水烟《みずけむり》をあげる激流に入っていった。

敷綱が浮きの役をするが、逆巻く流れは、たちまち軀を押し流す。必死に抜き手をきりながら、捨松は、橋を架けるという単純な一つの目的のために死力を尽すことに満足していた。目的はきわめて明快であり、手段も単純である。爽快な労働であった。田に身をかがめて草を抜いたり、土間で藁を打ったりするより、命を賭けた戦慄感が快かった。

ふいに、流れの力が強まった。捨松より二人前にいる足軽組の男が、岩に軀を叩きつけられ、失神したのである。意識のない軀は流れのままになり、それが、敷綱を押し流す激流に力を加えているのであった。ほかの者も、ひきずられて流されそうになる。捨松の前にいる男が刃物をかざし、その手をのばして、失神している男の腰縄を断ち切った。男は水に呑まれ、黒い頭が浮き沈みし、翻弄《ほんろう》されながら流れ去った。途中、岩にひっかかったが、すぐに激流にさらわれ、見えなくなった。

向う岸に這い上がったときは、だれもが力を使い果たし、失神寸前であった。岸に軀を投げ出した捨松の目に、腰縄を切った男の顔がはっきりうつった。

その男を、捨松は、知っていた。田島に駐屯しているとき、砲兵一番隊が他に転戦し、かわって到着したのが、城取新九郎を隊長とする朱雀三番寄合隊であった。宿舎にあてられている寺の裏庭で捨松が薪を切っているとき、新顔の隊士が一人近づき、横山捨松というのは、おみさんだときいたが、そうか、とたずねた。捨松がうなずくと、相手は、おみさんの妹を娶《めと》った長江周吾だ、と名乗り、名簿に横山捨松の名があったのでもしやと思ったのだと言った。二人は、このときが初対面であった。

下帯一つで水に入ったのに……と、捨松は思った。この男は刃物を用意していた。こういう事態が起きることを予測したのだろうか。恐《お》っけえなと、捨松は、疲労しきって肩で息をしている長江周吾を横目で見た。

敷綱の蔓を一杯にひいて水の上に一直線に張りわたし、立木に結びつける。一本支え綱がわたされたので、後の作業はかなり楽になった。後続の者たちが、蔓にすがって、残りの蔓を泳ぎはこび、九本の頑丈な敷綱が両岸をつないだ。七尺の長さに切り揃えたさな木を、間隔一尺前後に、敷綱にあみつけて結いあげてゆく。大砲を一門通過させねばならぬので、堅牢に造る必要があった。

橋が完成するころは、日が暮れていた。川の水は鋼《はがね》のような色になり、岩に砕けるしぶきも鈍色《にびいろ》を帯びた。捨松は、惚れ惚れと、無細工ではあるが堅固な蔓橋を眺め、それから、腰綱を切られ流れ去った男は、どうなっただろうかと思った。溺死したにちがいない。庄八の祖父の死が、思い出された。枯れ木のような軀から最後の生気が消えるのを、庄八と二人で眺めていた。捨て犬が死ぬのを見たら、捨松は哀れさに泣いただろうが、老爺の死は、いつ、どのように死の瞬間がくるのか、冷静な観察眼で、いささかの好奇心を持って眺めていたのだった。庄八の心にどんな感慨があったのか、外目にはわからなかった。

架橋を終えた隊士は大桑村に戻って仮眠をとり、五月六日、深夜丑の刻（午前二時）、出発した。田中蔵人指揮の朱雀一番士中隊、八十人。城取新九郎の朱雀三番寄合隊、八十人、旧幕兵の第二大隊二百十五人。第三大隊は百人を後詰《ごづめ》として大桑に残し、二百五十人が参戦した。農兵たちはそれぞれの隊に付いたが、力のあるものは大砲の運搬を命じられ、捨松はそのなかに加えられた。

蔓橋は、大砲の重みにきしみ、たよりなく揺れた。

辰の刻ごろ森友村に至り、陣形をたてなおした。第三大隊を先鋒とし、第二大隊がそれにつづく。田中隊は左翼、城取隊は右翼につき、今市をめざす。

道は泥田のようで、大砲はしばしば、車輪がぬかるみにはまりこみ、腰を据えこんで動かなくなる。そのたびに木材を挺子《てこ》に、どうにかひきあげる。二、三歩進めば、また、くぼみに落ちこむ。人も砲も泥にまみれ、雨もまるで泥水を天から注ぐようだ。

捨松は、まだ出会わない敵よりも、さしあたっては、督戦する味方の藩士が恐ろしかった。失神して荷厄介なものとなった男の腰縄を断ち切って濁流に流し捨てる非情さは、長江周吾一人がことさらに冷酷なのではなく、藩士たちに共通した心情と思われた。

日光口守備隊副総督山川大蔵は、ごく最近若年寄に任命されたのだがその前は砲兵隊長であった。砲兵隊が他に転戦する際、大砲一門と、砲の操作に熟練した隊士数名が、日光口守備隊に残された。

その砲兵隊士が、砲を綱でひいたり押したりする捨松たち農兵を、目を血走らせ抜刀もしかねない勢いで督励する。しかし、本隊との距離はみるみる開いた。架橋と違い、大砲の運搬は、捨松にはいっこうおもしろくなかった。息を切らせて手を休めようとすると、鞘ぐるみの刀で臀《しり》を打たれた。

味方の姿はすでに沛雨《はいう》のむこうに消えていた。ようやく半町も進んだとき、車輪はななめにぬかるみに嵌《はま》りこみ、小ゆるぎもしなくなった。木材を挺子《てこ》にあてがい力をこめるとたあいなく折れた。挺子になるようなものは、周囲に見あたらぬ。砲士の指揮官は、農兵たちに、砲身の下に身をかがめ入れ、持ち上げるように命じた。捨松は、父親ゆずりの巨軀だが、会津の農民はいったいに背が低く痩せている。暮らしの貧しさがそういう軀つきを作ってきたのかもしれない。

砲身の下に這いずりこみながら、肩の骨を痛めるのはばかばかしいと、捨松は思った。怪我をして使いものにならなくなれば、冷然と棄て去られるのだろう。力をこめているふりをした。俺の身は、俺が護ってやる。

砲身はびくともしないうちに時が過ぎ、ふいに遠雷のような音がとどろいた。黒煙があがった。砲士は焦らだち、声をからして督励する。銃声、叫喚がきこえる。あたりの空気が何かいっせいに悲鳴をあげだしたというふうだ。それが、津波のように盛り上がり近づいてくる。

砲の下から這い出た捨松は、はねとばされた。彼の脇を走り去る数人の男がいた。その手に白刃があった。走る集団がつづいた。捨松は、とっさに走り出した。敗走しているのだと自覚したのは、その直後だった。軀の方が思考より機敏に反応したのである。泥濘《ぬかるみ》のなかを、ひたすら走った。体力を残しておいたのは幸いだった。蔓橋までたどりつく。彼は慎重に四ん這いになり、さな木を握りしめ踏みしめて渡った。走り渡ろうとして水に落ちるものを見た。

大桑までたどりつくと、ここはすでに陣を払い、後退していた。厨で水を飲み、飯の残りを探して食べ、ふたたび走った。彼の脇を、何人かが走り抜けて行った。捨松は、走る足はあまり早くはなかった。

小佐越に本営は移っていた。泥まみれ血まみれの男たちが集結してきた。

本陣をおいた寺や、付近の百姓家に、敗兵はころがりこんだ。

休む間もなく、捨松たち農兵は、米塩の調達を命じられた。手あたり次第の農家に入って、米や野菜のあるだけを本陣にはこび戻ってくると、今日、砲をはこんだ者は寺の裏庭に来いと召集がかかっていた。

脱走しようか、と、一瞬捨松は思った。大砲を放り出して逃げたことを咎められるのにちがいない。夜は更け、庭には篝火がたかれていた。人目が多く、脱出は困難だ。あきらめて裏庭に行く。

篝火のもとに、人だかりがしていた。その中央に、前のめりに倒れた男の姿があった。流れ出した血が、どろりと篝火に照り映えていた。砲士の指揮をしていた藩士だと、捨松は気づいた。砲を敵に分捕られた責めを負うて屠腹《とふく》したのだ。捨松には無気味な武士の倫理であった。

翌日、敵進攻の報を斥候《せっこう》がもたらし、全軍は藤原まで撤退することになった。泥濘の道を行く背後に火の手があがった。後で捨松が知ったところでは、敵が、大桑、小佐越、小百等の村々を焼き払ったのだということであった。

守備軍は藤原と大原に分れて止宿し、敵の追撃はなかった。御用所をおいた藤原に、胸壁の築造がはじまった。

その土木工事のほかにはすることのない、平穏で退屈な日々が、その後につづいた。越後、白河方面では凄絶な戦闘が行なわれているが、日光方面は、敵の動きはなかった。今市の土州兵が白河にむかい、かわって肥州兵千人が今市の防備についたという情報が入ったくらいのものであった。

藤原村は、鬼怒川の上流のほとり、四囲を峻嶺《しゅんれい》にかこまれた、人家四十戸ほどの小村であり、隣接する大原村は、いっそう侘しい。

米も味噌も、近在では賄《まかな》えず、八里ほど北の田島から馬で運搬する。日々の菜は調達できず、三度三度、ほとんど豆の味噌煮ばかり、鬼怒川で魚を釣るが全軍にゆきわたるほどは獲れない。

藤原、大原に駐屯する兵団のうち、第三大隊は、旧幕兵第七聯隊と御料兵の混成部隊である。御料兵は幕府料の良家の子弟を募集して編成したものだが、第七聯隊士は浪人博徒無宿者などの召集兵である。無聊《ぶりよう》の日を過すうちに、第七聯隊士のあいだで、ひそかに賭博がはやりだし、農兵たちも誘いこまれた。

捨松は、最初二、三度加わってみたが、じきにいやけがさして、止めた。玄人の博奕打ちに叶うわけがなく、せっかくの給料をまきあげられるのがばかばかしくなったのである。

捨松は、賭博に手を出さぬかわり、夜這いにはげんだ。敵と戦うということがなければ、いくさというのは、なかなかよいものだ、というのが彼の実感であった。昼は胸壁を築き（その労働はほどなく終った）、夜は女を抱き、一日に二朱もらえるのである。

もっとも、二朱の手当は帳簿の字面《じづら》だけで、凡帳面に現金で支払われはしなかったのだが。

長江周吾と顔をあわせることはほとんどなく、たまに行きあっても、捨松は目をそらせて話をかわすのを避けた。話があいそうもないと感じる。夜這いや博奕とは無縁な顔を、長江周吾は、していた。


六月二十四日。総督大鳥圭介は、五十里《いかり》に軍議におもむいた。若松に帰った副将山川大蔵が、帰陣して五十里にとどまっていたためである。

両将の留守をみはからったように、二十五日早暁、大原の陣営に、野戦砲が打ちこまれた。銃弾の射撃がつづいた。不意をつかれた守備軍は応戦の態勢もととのわぬうちに、側面、背後からも攻撃を受け、火を放たれた。高原村にむかって敗走した。急報を受けた大鳥がとってかえしたときは、敵はすでに引き揚げていた。明日もまた来襲するにちがいないと大鳥は判断し、塩原口にあった草風隊を救援に呼び寄せ、急遽、藤原村に近い小原村に陣を築かせた。

二十六日、辰の刻、敵のアームストロング砲の砲撃がはじまったが、この日は心がまえ十分に万全の陣を敷き待ち受けていたので混乱は起きず、守備軍は、猛反撃にうつった。

進んで来る敵を胸壁までひきつけ、いっせいに小銃を撃ちかけ、更に、草風隊士が胸壁から躍り出て斬りかかり、追撃した。

捨松は、戦闘のかけひきはわからぬながら、今日は勝ちいくさであることは感じとり、それでも流れ弾丸《だま》にあたってはつまらぬと、木かげに身をひそめていた。

日の高いうちに、敵は逃走し去り、戦闘は終わった。凱陣する兵団に、捨松は、混りこんだ。その後、味方の死傷者の収容と敵が遺棄《いき》した武器弾薬の収納を農兵たちは命じられた。

捨松は、意気揚々と分捕りの大砲を押した。四斤砲である。その他に山砲一門、木砲一門、弾薬をおさめた幾棹の長持、銃や槍などが、敵の陣所には散乱していた。もっとも、大砲は、使用できぬようわざわざ破壊してあった。

打ち棄てられた敵兵の死骸を数多く目にしながら、藤原の御用所に戻ると、門前に、生首が六つ梟《さら》してあり、捨松は鳥肌が立った。地にころがった骸は無感動に見すごしてきたのだが、生首は彼の気分を悪くした。

六月下旬から七月に入って、会津四辺の戦闘は熾烈《しれつ》さを増した。

西軍の会津攻略は、枝葉を刈って根本を枯らすという方針に立ち、まず、日光、今市、宇都宮を制し、白河を攻め、さらに仙台、米沢に兵を送る。別に海路から平潟に兵を送り、平、棚倉、三春、二本松を攻略する。一方、海陸から北越に軍を進め、西軍に敵対する諸藩を破り、武器補給路の新潟港を封鎖、会津を孤立させた後、全軍一挙に攻めいるという計画であった。

それに対し、会津及び奥羽越列藩同盟の軍略は、長期戦のかまえで戦いを冬に持ちこみ、西軍の食糧、衣服、弾薬等の補給を断ち、弱らせてから反撃に出ようというものであった。

しかし、各地の戦闘は、会津の敗色が濃くなりまさっていった。

五月、白河城陥落。六月、棚倉城、泉城、湯長谷城落城、七月、秋田藩が奥羽越列藩同盟を離脱したのを皮切りに、脱退藩が続出しはじめた。平城陥落。そうして、三春藩の変節により二本松落城。越後方面でも長岡城が陥ち新潟港を奪われるなど、枝葉というよりは、地中に這いのびた枝根をことごとく断ち切られるに似た敗報がつづいた。

それらの情報を、さよは、小竹を通じて耳にした。前線から送りかえされてくる負傷者は、日新館に収容され、医療を受けている。藩士の妻や母、娘たちが志願して、看護にあたる。小竹もその一人であり、傷兵たちの口から戦闘の様子はつたわった。看護の女たちは交替で泊り番をつとめる。徹夜して帰宅すると、小竹は疲れた顔で眠りこむが、翌日はまた早朝から日新館にむかう。周吾が負傷して送還されてくる場合を予想しているのかもしれないとさよは思い、情愛の強さに素直に心を打たれた。

鷹はほとんど終日、御鷹部屋に閉じこめられている。翼も弱るだろうと、さよは、招《おき》縄《なわ》を『雪白』の足革につけた上で、日に一度、外に放すようにした。招縄は絹糸を縒りあわせた細い紐で三十五尋《ひろ》ほどの長さがあり、漆を塗った長さ五寸五分の丸竹を芯にして巻いてある。

嵐窓を開けてあっても薄暗い御鷹部屋に入り、韘《えがけ》を嵌めた左手をのばして咽声を出すと、『雪白』は、架からさよの手にうつる。

庭に連れ出し、放してやるのだが、『雪白』は、遠くに飛び立とうとはせず、小鳥小屋の屋根にとまっていることが多い。猛々しく餌を求めて飛びまわらずとも、さよが餌をくれることを心得た顔つきである。

しかし、このことは、じきに禁止された。鷹を飛ばすのは、何か敵に内通して合図を送っているのではないかと、城方の者に厳しいとり調べを受け、疑いは晴れたが、危急の場合にまぎらわしいことはするなと叱りを受けた。鷹は再び閉じこめられ、薄闇のなかで、与えられる餌に飽食する。

西軍の総攻撃が間近と予想される八月四日、次のような布令が領内一円に公布された。

急御用ニ付敢死之士御募リ町在ノ者タリトモ士中ニ御取立御知行百石被下筈
鉄砲刀槍有余之者暫御借上

農民町人の身分を問わず、募兵に応じた者は士分に取立て、俸禄百石を給するというのである。

百石もくれる余裕が御城方にあるものか、と儀左衛門は笑い捨てた。百人応募すれば、一万石である。百石与えると言う言葉の下から、武器が足りないから、所有している者は貸せといっているではないか。情ない話だ。

しかし、儀一郎は父のように笑い捨てられなかった。実質はどうあれ、百石の知行取と名がつけば、家格は十石二人扶持の長江家をはるかに凌ぐ。御蔵入奉行の知行が百三十石、公事奉行、普請奉行が百石である。独礼、つまり、藩公に独りで御目見得する資格さえ持てるのだ。

儀左衛門は、あくまで冷ややかであった。御布令をよく読むがよい。敢死《かんし》の者を募るというのだ。御城のために討死せよというのだ。死んだ者に名目だけ百石くれ、あとですぐに、当人が死んだからと、お取上げだ。

儀一郎は以前、父に、小竹をもらい受けたいという希望を話したことがある。馬鹿なことをと、父は相手にしなかった。長江家では、さよを笠井家の娘分とみなし、横山家を嫁の実家とは認めない態度をとっている。こちらが届けるものは遠慮なく受けとるが。あんな気位の高い嫁がきては、こちらが困る。年も大年増ではないか。

――百石の知行取……と、儀一郎は心にかみしめる。奉行に匹敵する家格。となれば、父にも誰にも、言葉を返させはしない。

先にも農兵の募集が行なわれたが、それは足軽以下の扱いだった。それでも儀一郎は、応募した捨松が、身分としては百姓の上に立ったことに、いくぶん心おだやかではなかった。いくさの雑役など、まっぴらだ。肝煎の方がどれほど実質の格は上かと思っても、現実には、たかが十石二人扶持の長江家に見下されるのだ。

さよが嫁いでから、儀一郎は、何度か長江家を訪れている。肝煎の惣領であるから疎略なあしらいは受けず、おめいに上げてはくれるが、小竹は、決して打ちとけてはこなかった。その、きりっと背筋をのばした姿が、儀一郎には、農家の娘にはない凛々《りり》しい美しいものにみえる。

百石の知行取であれば……。俸禄は受けられずともよい。表向きの身分さえ確かなものならば。

百石の俸禄に惹かれ募兵に応じたもの、半強制的にかき集められたものなどで、敢死隊が結成された。儀一郎も、父や祖母の反対をついに押しきり、加わった。

急ごしらえの兵は、三の丸の練兵場で、猛訓練を受けた。納戸蔵や文庫蔵、米蔵などのある二の丸をへだてて、西に豪壮な本丸の天守閣がのぞめた。儀一郎は小原信之助の指揮下に入った。広々とした三の丸を、隊列を組んで走りまわらされながら、奇妙なことをしている……と、疲れきって気が遠くなりそうななかで、儀一郎は、ふと冷静になって、そう思う。隊長は藩主への忠誠を言い、城を死守せよと言う。儀一郎が守りぬきたいのは肝煎の横山家であり、その横山の家に小竹を迎え入れるために、この労苦に耐えているわけだが、銃をかついで走りまわることと、小竹を嫁に迎えるという二つのことが、心のなかでしっくりと結びつかない。ぬかるんだ土の上を走りまわらされながら、彼は小竹をほとんど憎んだ。宿舎にあてられた寺に帰り着き、身動きも苦痛な疲労のなかで、小竹の着衣を剥ぎとり組み敷くよろこびだけが、支えになった。小竹にもさよにも会わずに、彼は入隊した。百石の知行取にふさわしい威容をととのえてから、小竹を驚嘆させ威圧したいという、子供じみた企みも、彼を支える一つの柱となっていた。

冬が近づいていた。八月といっても、この年は閏、すでに秋が深い。

八月二十日、新政府軍は総攻撃を開始した。

薩摩、長州、土佐、大垣、大村、佐土原、六藩の兵が石筵口から、尾張、紀伊、肥前の兵が勢至堂口から進攻し、同時に、館林、黒羽の兵が三斗小屋から、安芸、肥前、中津、今治、人吉の兵が日光口から、攻撃してきた。

石筵口に、政府軍は主力を結集した。

ここは、間道であり、若松に遠い。また、猪苗代湖から流れ出る日橋川に架けられた十六橋という橋一つを破壊すれば敵の進攻は阻めるという安心感から、石筵口の守備は手薄であった。会津の精兵は郡山に通じる御霊櫃口に配置され、砲兵隊もここにおかれ、勢至堂、三代の守備軍とも連絡がつくようにしてあった。

石筵口は南北三里にわたる樹木も少ない草原地帯である。防備を十分にするには二千を越える兵力を必要とするが、配されていたのは、日光口から転戦してきた大鳥圭介のひきいる第二大隊を主力とする少数の兵であった。

二十一日、濃霧がたちこめ視界おぼろななかを、二千余の大軍が石筵口に殺到してきた。

二十二日未明石筵口が落ち、母成峠を敵が突破した。猪苗代湖も危い、との報が若松にとどいたのは、その日の昼ごろであった。

予想もせぬ速攻に、城方は混乱した。

藩公、重臣らが協議し、早急の防衛策が講じられた。

猪苗代上街道戸ノ口方面は、佐川官兵衛が、白虎、奇勝、敢死、回天、誠忠等の諸隊二百五十人をひきいて、十六橋を破壊し、進攻をくいとめる。

猪苗代下街道大寺方面は、萱野権兵衛が敗兵と桑名藩兵二百人をひきいて防戦する。

冬坂方面は、西郷頼母が水戸脱走兵百五十人をひきいて防戦する。

市中警戒は、玄武足軽隊があたる。

戦闘の主力となり得る朱雀、青竜の精鋭は城下を離れ遠く四境の守備にあたっており、若松には、幼少の白虎隊、農民町人の寄せ集めである奇勝隊、敢死隊、他藩や旧幕の客兵しか残っていなかったのである。

儀一郎は、敢死隊士として出陣した。奇妙なことだなと、彼は思った。百石の知行取が、一兵士として酷使されるのか。

急げ！　怒号がとんだ。

深夜、篠突く雨に打たれながら、篝火の灯りをたよりに急ごしらえの土嚢《どのう》を積む。

猪苗代湖西岸、十六橋を眼下にのぞむ笹山に、儀一郎の属する敢死隊士は胸壁を築いている。十六橋も湖も、すべて闇に没しているが、橋のあたりで灯がちらちらするのは、奇勝隊士が必死で橋を破壊しているのである。石筵口を破った敵が、猪苗代城を落とし到着するまでに、橋を通行不能にせねばならなかった。

夜がしらみはじめたとき、ふいに銃声がひびいた。橋の対岸の袂に、銃をかまえた一隊が散開し、橋の上の奇勝隊士に銃弾を浴びせたのである。からくり人形のようにはねとんで、奇勝隊士たちは雨が降り注ぐ日橋川に転落してゆく。

闇が薄れ姿を見せはじめた橋は、まだ、ごく一部分の板がとりのぞかれたばかりであり、頑丈な石の橋脚は、少しもこぼたれていなかった。

銃撃戦を開始した政府軍の陣には、丸に十字の薩軍の旗印が、小高い笹山の陣からも見てとれた。

奇勝隊の側からも銃で応じるが、銃の性能の違いは、儀一郎にさえ、歴然とわかる。薩軍の洋式銃はたてつづけに火を噴き、奇勝隊士をなぎ倒してゆくが、奇勝隊の持つ火縄式の和銃は、遠目にはまるで遊んでいるように、のんびりと間をおいて発火する。

掩護《えんご》射撃に守られて、薩軍は、石の橋梁に板をわたしはじめた。

笹山からでは銃弾はとどかない。

応援に討って出ねえのですかと、血気さかんな感じの若い敢死隊士が、隊長小原信之助に昂《たかぶ》った声で言う。

そのとき、儀一郎は、凄まじい勢いで宙にはね上げられた。地に叩きつけられるまでの短い間に、儀一郎は、ひどくおかしい気分になり、笑い声をあげかけた。

意識がもどり、あたりの風景が目にうつったとき、様相は一変していた。どこか、とんでもないところに、失神しているあいだにはこばれたのかと錯覚した。

大地はえぐられ、雨水が溜まって粘っこく赤い池をつくり、どこにあったのかと思うような岩塊が散乱し、草は焼け焦げちぢれていた。そのあいだに、男たちが気楽そうに寝ころがっていた。半面抉《えぐ》られ骨の露出した顔は、とても気楽なものではなかったが。

同じように寝ころがっている自分に気づいた。

　雑木の枝には、男の軀がひっかかって、だらりと垂れていた。土砂が山を作った下から手や足が生え、その手の土を雨が洗い流していた。ああ、大砲が射ちこまれたのか、と、ようやくそれだけは理解でき、半ば朦朧《もうろう》と、立ち上がり、歩き出した。歩く以外に、することがなかった。歩けることが不思議だった。軀のどこにも痛みを感じない、死んでいるのだろうか、と思った。だから、痛みがないのか。

　雨のなかを、ただ、歩きつづけた。いつのまにか、彼の周囲に、同じように蹌踉《そうろう》と歩く人々がいた。人数は次第に増えた。ひたすら、歩いた。よろめいて膝をつきかけると、隣にいる者がささえた。彼も、よろめく者を反射的にささえた。そうして、歩いた。ようやく人心地がつき、軀の苦痛が意識にのぼりはじめたとき、彼は、どこの隊とも知らぬ、敗兵の一行に混りこんでいるのに気がついた。

目の前に、鶴ヶ城の城門がそびえていた。一行は、そのなかになだれこんでいく。いやだ、と彼はもがいた。しかし、両側から、親切な兵たちが彼の腕をとり、ささえて歩かせてくれていた。

「西出丸だ。西出丸の防備につけ」

命じる声があった。

訓練に走りまわらされた三の丸とは、本丸をはさんで反対側の出丸である。煙硝蔵や弾薬庫が並ぶ。堀をへだてた向うに日新館が見下ろせる。彼の手に、銃がわたされた。

豪雨のなかを火が奔《はし》った。十六橋を突破し守備隊を壊滅させた政府軍が、若松城下に殺到したのである。甲賀町、博労町、六日町の家々に松明が投げこまれた。叩きつける雨を嗤《わら》うように火は町家を燃えあがらせ、雨脚は金紅色の火の粉にまみれた。焼けくずれる家々から走り出た人々は、血しぶきをあげて倒れた。白刃をかざして駆けぬける軍団が町筋に溢れた。泥土は火の色と血の朱を映した。

落雷とまがう砲声がひびき、鉄の板を乱打するような銃声がつづいた。

城中から敵来襲を告げる早鐘が鳴りはじめた。

鷹を殺さねばならぬ刻《とき》がきたのだ、と、さよは思った。小竹は日新館の救護所に泊りこんでいる。

危急の際は御鷹を殺しなせ、と、組頭浮巣《うきす》十右衛門の妻が女たちに申しわたしたのは、昨日、石筵の敗報がつたわったときであった。

敵は十六橋で追い帰されますべい、負ける気づかいはねえのすが、万が一、御城下に危急迫り、早鐘鳴りたるときは、御鷹を殺し、おみさんがたは、戦えるものは入城、足手まといとなるものは、敵のはずかしめを受けぬうち、自害なさっせ。

殿さまよりお預り申しております御鷹を、おゆるしもなく殺して、大事ねえのでござりあすか。女の一人が問うた。

仕方《さた》あんめした。殿方は皆、陣中。おうかがいをたてることもできねえのす。御鷹を城中に連れまいってはいくさの妨げ。さりとて、敵の手に奪われてはなりませぬ。後日お咎めあらば、わたくしが責めを負いますべい。

浮巣の妻は、帯にさした懐刀に手を触れて、そう言った。

逃がしてやったらええんでねえのすか。

そう言ったものがいる。

殿さまの御鷹でございあす、と、浮巣の妻は言った。御鷹にも忠節をまっとうさせますべい。

寄せてくる銃声砲声、鯨波《とき》の声を耳にしながら、さよは鷹道具一式を身につける。小刀や火針などの小道具は革袋にいれて腰にさげ、その他は風呂敷に包んで背に負うた。鷹をはこぶための藤籠は、やはり布でくるんだ。むき出しでは人目につく恐れがあった。前夜の飯を冷いまま握り、水は竹筒にいれて腰につけた。

夫の両親の位牌《いはい》は、小竹が肌身に着けている。家に火をかけられても、これで心残りはない。

わたしは懐刀を持たずに嫁いできた。さよは、あらためて、そう思う。

懐刀を持たぬ者でありとおそう。

その決意は、昨日、いざとなったら鷹を殺せ、と命じられたとき、明確に視えた。懐刀を持たぬ者。それが、わたしなのだ。城の運命に殉じない者。他者の運命に殉じない者。他者のさだめた掟にしたがわぬ者。

毎日切腹の稽古を息子にさせ、懐刀を身に着けた女たちは、死になじんで育ってきているのだろう。

鷹を殺せという命にそむくのは、御城にそむき、夫にそむき、即ち、世間にそむくことであった。鷹と我《われ》を中心においた世界を、さよは選びとった。

命令にそむく覚悟なら、鷹を放してやることもできた。しかし、さよは、そうはしなかった。鷹を、さよ自身の生のさだめに結びつけた。それは鷹にとっては無慙《むざん》なさだめとなるのかもしれなかった。

それゆえ、鷹を殺せと命じる力を酷《むご》いと詰《なじ》る資格は、わたしには、ない。そう、さよは思う。わたしは、酷い生を、鷹に強《し》いようとしている。

なぜ、それほど鷹にこだわるのか、とたずねられたら、さよには答えようがない。願望の根元が、さよにはまだ視えていなかった。

身仕度をととのえ、草鞋《わらじ》の紐を締め、家の外に出た。

雨しぶきと炎の交錯するむこうから湧き出してくる人々は、道を埋め、泣き叫びながらやみくもに走っていた。気まぐれな銃弾が、その背に浴びせられた。西の甲賀町、博労町の方から、火は千石町に燃えひろがりつつあった。西南に逃げろ、と叱咤する声が、悲鳴に混る。甲賀町に大砲が据えられた。西南に逃げろ。そう指図するのは、市中警備にあたっている老いかがまった玄武足軽隊士らしい。

戦火を逃れようと走る人の渦を横切り、さよは御鷹部屋にむかう。隣家の妻女がやはり御鷹部屋に行こうと人波に揉まれているのが、目のはしに入った。開け放された御鷹部屋の門から撃手の家族たちが走り出てきて、避難する人々に混りこむ。

『雪白』のいる小部屋に、さよは入った。

騒然とした気配を感じているのにちがいない。『雪白』は、体震いし、翼をひろげ、とびたちそうにして、また翼をおさめる。

咽声で呼び、藤籠にうつし入れ、布でおおった。おしこめられた鷹は、ほとんど身動きもならない。籠を抱え、小走りに小屋を出た。ほかの女たちがどのように行動したか目をむけるゆとりはなかった。人の群れに身を投じた。押し流されるように走る。だれが先導するわけでもないが、人の群れはおのずと方向をさだめ、大川の渡しに出る。渡し場には人が溢れかえっていた。小舟の往復を待ちきれず、雨で水かさの増した川を泳ぎ切ろうとし、流されてゆくものもいる。

身一つだ、と、さよは思った。鷹と我《われ》は、一つのものであった。その我が身のほかに、失って惜しいものはない。

砲声が近くなった。ふりかえると、空に屹立《きつりつ》して威容を誇る城の天守は頂《いただき》まで黒煙におおわれ、炎の海が背を焼かんばかりに迫る。雨具もない跣足《はだし》の人々が続々と河畔に集ってくる。

さよがようやく小舟に乗ったのは、陽が落ちかかったころであった。夜の闇は炎をきわだたせた。

夜を徹して、さよは、松川新道を南へ歩きつづけた。折りとった柴枝を束ねて火をともし、松明のかわりとし、燃えつきそうになると、新しい枝に火をうつした。南の方面は強力な守備隊が敵を阻んでいるという安心感があった。はじめは列をなして歩いていた人々は、次第に枝道に散り別れた。

深夜、さよは、泥にまみれて横山の生家にたどりついた。

祖母と相抱くようにして、さよは眠った。ただ眠りつづけ、さわやかに目ざめたのは、昼すぎだった。雨はあいかわらず激しかった。

階下におりると、雨で田に出られない男衆が土間で農具の手入れなどをしており、祖母は女たちと煮炊きの最中だった。

さよは蓑をつけ、鷹の籠を抱いて外に出ていこうとした。昨夜、帰り着いたときは疲れ果てていて、『雪白』の棲み家を作ってやる暇もなく寝こんでしまったのだ。こんなことでは駄目だなと、さよは内心自分を叱りつけた。鷹は我が身と一つ、と思いさだめたはずなのに。

「どこさ行く」祖母が見咎めた。

「土蔵《くら》だ」

「何して」

「鷹の巣作ってやる」

「それは、鷹け？」

「んだ」

雑木の山と地つづきの広々とした庭に並ぶ土蔵の、人の出入りの少ない物置蔵を、さよは選んだ。古い農具や不要なものを放りこんである。積み重ねられた長持と長持の間に梯子を横たえてかけ渡し、これを架《はこ》にした。鞢を左手に嵌め、藤籠の蓋をとりのぞく。鷹はなお、うずくまっていたが、腕をさしのべ咽声で呼ぶと、飛びうつってきた。爪が鞢にくいこんだ。

「ここが、おめの鷹部屋になるのっしょ」

話しかけながら、胸を撫でてみる。胃のあたりはまだふっくらとしている。食い溜めてあるのが指につたわる感触でわかる。

架にうつし据えようとすると、勢いよく糞をとばした。白い粘液状の糞は、長持に四、五尺も痕をつけてしたたった。

これなら、五、六日食べさせなくとも大丈夫だが、さよは、さっそく生き餌の工面にかかった。蓑をつけ直し、裏手の川に行き、簗をしかけた。

ずぶ濡れになって母家に帰ってくると、祖母は案じ顔に土間に立って待っており、さよをひきずりこんだ。

「そたに案じねえでもええでば。赤子《やや こ》でねえてば」

「語ってんでねえ。気ィもませてからに」

「父っつぁはいねえのけ」

「昨日《きんな》、寄合に行って、まだ帰らね」

「兄ちゃは」

「おめ、まだ知らなかったな」

敢死隊に応募したことを祖母は語った。

「若松でいくさがはじまったと、おめ、ゆんべ言ったな」

「んだ」

「まさか、儀一郎みでなが、いくさしることはあんめな」

「あんめ」

さよは言った。敢死隊がどのように使われているか、さよの耳には入っていなかったが、戦わせるためにかり集めた兵士である、いくさに出ていないはずはない。しかし、祖母をこれ以上心配させてもしかたがないと思い、そう答えた。

「捨松も、いくさだ。なんつうごったか」

飯《め》さ食《け》、と祖母は言い、囲炉裏《いろり》のへりに坐ったさよに、あたたかい飯を茶碗に盛ってわたした。一口、口にはこんで、さよは、ふいに泣きだした。少しも悲しくはないのに、なぜこのように激しく慟哭《どうこく》するのだろうと、さよは泣きながら不思議だった。辛い思いをしたわけでもなかった。恐怖もさしてなかった。砲声や銃声を耳近くきいたにしても、直接銃火を浴びはしなかったのである。雨に打たれ舟を待ち、長い夜道を歩くあいだも、むしろ昂然《こうぜん》としていた。疲れたといっても、幼いころから山道を歩きなれた脚に、それほど辛い道のりではなかったはずだ。

わたしは、祖母でさえ理解のとどかぬところにいる。ふいに、そう思った。そのために、泣くのだ。一種の訣別《けつべつ》の涙なのだ。さよはそう感じ、泣く理由がいくらか納得できたような気がした。

泣きながら、心の奥を更にみつめた。藩士の妻としての暮らしには、なじむことのできぬ違和感があった。祖母や父たちとの暮らしなら、しっくり嵌まりこんでいられるのかといえば、決してそうではない。寸分の隙もなくしっくりした生きようは、鷹との暮らしなのだ。その認識は、さよを怯えさせた。しかし、意識する前に、心の奥深いところはそれを感じとり、だからこそ、泣いたのだ。

実際は、戦火の恐怖から脱出した心の昂りが、祖母のやさしさに気がゆるんで泣いたのかもしれないのだが、さよは、人よりも鷹に惹かれる自分が荒涼《こうりょう》としたものに感じられ、泣いた。

「なあやれ、恐《お》っけかったべし」

祖母にいたわられると、涙は、唐突にとまった。思いきり泣いたことで、心が透明な石のようになった。鷹を使って生きる自分に迷いがなくなった、と思った。さよは、声をたてて笑った。やはり、気が昂っているのだった。

その日の昼すぎ、儀左衛門が帰宅した。さよを見ると、安堵の吐息を洩らした。若松が攻撃を受けているという情報が寄合の席に入ったのだ、と儀左衛門は言い、さよの身が案じられ、寄合所の男衆を若松に様子を見にやったが、避難の人で道は阻まれ、城下まで行きつけず帰ってきた、まずは無事でよかったと、くりかえした。

父にやさしくされるのが、さよは辛い気がした。捨松を父が農兵にさし出した事情を聞き知っている。鷹と生きようと思いさだめるに至った心の動きには、父のこのありようが、一つの力になっていたのではないか、と、このときになって思いあたった。それは、口にはできないことであった。

それから数日は、この一帯はおだやかに過ぎた。男衆が若松の様子をさぐりに行っての報告では、攻撃軍は城下を焼き払ったが、郭外にひきあげ、四方を包囲して砲撃しているようだとのことであった。城下から二里もはなれた農家などには、避難の人々や怪我人が溢れている。そういう人たちからきいたところによると、攻撃軍は略奪やら暴行やら、凄まじい悪虐《あくぎゃく》のかぎりをつくしている。郭内の重臣方の屋敷も火にかかった。防戦かなわぬと自害した藩士の家族も多いそうだ。

なかでも、城代家老西郷頼母一族は二十何人、屋敷うちで自害したそうで、なかには四つ五つの童女もいたという。

城代家老といえば、さよたち下級藩士の家族からみれば雲の上の人だが、西郷頼母が抗戦に反対し恭順を唱え、藩内の強硬派から卑怯とののしられ閉門中であったことは、さよも知っていた。

「御城代様は閉門解かれてお城さ入《へえ》らったと」

日新館も焼けたが、これは、お城から火矢を射て、わざわざ焼いたようだ。西出丸から火矢が射かけられるのを目にした者の口からきいた。

「何して、お城方が日新館さ焼くの。あっこには怪我人がいるのっしよ。怪我人は、どっかに退《ど》けたのけ」

さよは語気が荒くなったが、男衆は、それ以上くわしいことは知らなかった。

「敵が日新館さ入《へえ》って、そこから射ったれば、お城方は困るべさ」

儀左衛門が、そう言った。

だから、焼いたのか。その前に怪我人は安全なところにうつしたのだろうか。足手まといになるものは自害せよと言った鷹匠頭の妻女の言葉をさよは思い出し、懐刀を突きつけられたように、みぞおちが固くなった。小竹は健やかな看護人である。ぶじに城中に入り、防戦に加わっているのだろう。身動きのできぬ怪我人に自害をすすめる小竹の姿が浮かんだ。死ねと沈着に言えるであろう小竹を、さよは讃嘆し、かすかな嫌悪も、その底にあった。

何にしても、日光口は守りが固いからこのあたりは安泰だ。そう儀右衛門は言った。が、安泰はたちまち破られた。硝煙《しょうえん》のにおい血のにおいが肌にしみついたような守備隊士が数人、横山家にやってきたのは、その二日後であった。

前庭では男衆が脱穀した籾を筵にひろげ打ち叩いていた。

さよは、鷹を野に放し小鳥を捕えさせようと、拳に据えて土蔵の外に踏み出したところであった。

藩士らしい男たちを目にし、いそいで土蔵に入り、扉を閉めた。男たちの一人が、夫長江周吾のようだ、と、扉を閉めてから思った。鷹を架に戻し、外に出て、扉に錠を下ろした。御鷹を盗んだと咎められても言いひらきはできない立場であった。男たちは夏戸をひき開け、土間《にわ》に入ってゆくところであった。さよは後からそっと中をのぞきこんだ。

土間は、繭を煮るにおいが充満していた。囲炉裏のへりに背をまるめ、『座繰《ざぐ》り』の糸車をまわし繭から糸をとる祖母に、頭立《かしらだ》った一人が、朱雀三番寄合隊隊長、小野田雄之助と名乗り、当家の主、野地組肝煎横山儀左衛門どんに談合したき儀がある、と言った。

祖母は折りかがまった腰をゆっくりのばし、中の間にいる父に告げに立っていった。

——夫にまちがいない。男の背をみつめ、さよは思った。朱雀三番寄合隊は、夫の所属する隊であった。祖母は夫の顔を知らない。

さよの視線を感じたように、長江周吾がふりかえった。さよに目をとめたが、御用中であるからか、わずかにうなずいただけであった。

儀左衛門が奥から出てきて、

「お武家さまは、表からお入りなんしてくんつぁりあせ」と言い、さよに「御案内せ」と命じた。

さよは先に立ち、座敷の前の玄関に導いた。ふたたび夫と目があった。夫はうなずいた。それだけであった。前庭で男衆が打ち叩く籾の殻が舞い上がり、咽や鼻孔を刺した。小野田雄之助が大きなくしゃみをし、つられたように夫もほかの隊士もくしゃみをした。

さよがおめいに戻ると、祖母は客のための茶を淹《い》れていた。

隊士たちは、ほどなくひきあげていった。夫と言葉をかわす折は、ついになかった。

儀左衛門は隊士たちを送り出してからおめいに来て、横座にあぐらをかいた。太い眉が寄って、眉間に皺をきざんでいた。

賊軍に利用されるのを防ぐため、この一帯の村を焼くと言いに来たのだ。儀左衛門は、そう、祖母に告げた。政府軍——官軍——を、会津の者は〈賊〉と呼ぶ。

「村さ焼く？」

ほとんど荒い声をたてたことのない祖母が、鳥のように叫んだ。

石筵口が落ちた日、日光口守備の副将山川大蔵は若松に呼び戻された。それを知った賊徒は国境を越え進撃してきた。守備軍はいったん田島に退《の》き陣をはったが、そこにとどまるより、若松に急行し、城の防備に加わるべきだと議決した。たとえ日光口を守りぬこうと、肝腎の城が陥ちては何の役にもたたぬ。城の守備こそ焦眉の急務である。撤退に際しては、道すじの村々を焼き払わねばならぬ。敵に糧食を与えず、宿営させぬためである。肝煎は、村民にこの理《ことわり》を入念に説ききかせ、合力《ごうりき》させよと命じられた。そう、儀左衛門は語った。

『座繰り』の前におかれた熱湯をたたえた大鍋に、繭が一面に浮き、裸に剝かれた蛹《さなぎ》がいやなにおいをたてる。

「ことわったべ」祖母が言った。

儀左衛門は太い首を横に振った。

「この家も焼かせるのけヮ。なんね。焼かせてはなんね」

詰めよる祖母に、

「この家は焼かせね。その約定はとりつけた」

儀左衛門はきっぱり言った。祖母は肩の力を抜き、ほうっと息を吐いた。

「この家は焼かねけんじょも、村は焼きつくすつうこった」

「何して、とめね」

「いくさだずぉん。とめらえねべした」

「肝煎のおめが軀さはったれば、とめらえっぺが」

祖母はそう言ったが、語気は弱かった。この家は焼かれないという安心感のためだろうと、さよは思った。

儀左衛門は作男頭の与平を呼び、分家の仁兵衛にすぐに本家に来るよう伝えろと命じた。

それから祖母にむかって、

「捨松な、勘当するで」

「松っつぁさ、勘当？　何して」

さよは声をあげた。

「黙っとれ。おめに語ってんでねえ。あの馬鹿《びて》ァ、村さ焼く仲間さ入っとるのだと。勘当せねば、村の者が承知しねえべした。松には、今日来た小野田隊長さから言いわたしてもらうことにした。村の衆には仁兵衛に告げさせるべし」

「したって、松っつァは隊長さに命じらって……」

さよが抗《あらが》うのを儀左衛門は無視し、

「この家は焼かれねくとも、ちっとの間、逃げていねばなんねべ」と吐息をついた。

「浄徳寺さまさ、逃げてっか」

「父っつぁ。鷹さおいてる蔵な、おれに貸さってけねべか」

「蔵？　なじょうする」

「籠城する」さよは言った。

蔵の扉の外側についている錠ははずしとり、かわりに内側に錠をつけ、外から開けられないようにした。

政府軍がこの一帯を通過し、父たちが戻ってくるまで、およそ十日もみつもれば十分だろうと、さよは判断した。焼きつくされた村に長くはとどまるまい。ただ通りぬけてゆくだけだろう。

しかし、用心して、二十日のあいだ、我が身と鷹を養うに足る食糧と水を、蔵のなかにはこび入れた。米と雑穀、味噌、塩、干菜、干大根、煮炊きのための鍋、置竈、薪。灯りをとる根松とそれを燃やす松あかし台。さよが手水に使う蓋つきの大甕。箱床もはこび入れた。隅に竹籠を伏せ、そのなかに放した七、八羽の鶏は、『雪白』の生き餌である。鷹は一羽の鶏をおよそ三日で食いつくす。

外の動きに巻きこまれ動くことを、さよは拒もうとしていた。南山御蔵入の地は、はるか上の方の人々の思惑によって——あるいは時の流れの力によって、と言うべきか——あるときは幕領とされ、あるときは会津藩預りとなり、いまは正式に藩領とされいやおうなしに会津藩のために尽させられている。そうして、さよは、さよの意志にかかわりなく、豪農の家に生まれつき、そこから藩士の家にうつしかえられた。そのたびに、ものの考え方の土台までがゆるがされる。

時がどのように流れようと、周囲がどのように変ろうと、ゆるがぬところに足を踏み据えていたい、と、そこまではっきり自覚したわけではなかったが、さよは、鷹と我の世界を守ることだけを考えよう、という決意はついていた。〝鷹と我〟というけれど、鷹は我がために犠牲を強いられている、論じつめれば、我一人のためなのだ、と、そうも思った。

娘が蔵に籠るというとっぴな申し出を、父は、さよが拍子ぬけするほどあっさり受け入れた。どんなにか反対されることと覚悟していたのである。父は、賛成したばかりではなく、不安がって反対する祖母を、説得しさえした。なぜ、父がこれほど積極的に賛成するのかと、さよはいぶかしんだ。

さよが蔵に籠った次の夜、高窓から見える空が紅くゆらめいた。火の粉が舞いのぼっていった。

村の焼き払いは終わったらしいが、父たちはまだ戻ってこない。さよは蔵のなかで待った。

日のうつろいは、高窓に切りとられた空の色の変化でわずかにうかがい知ることができたが、雨の日には、昼も薄暮のようであった。

蔵のなかは、平穏な空間ではなかった。血腥《なまぐさ》い殺戮が行なわれていた。竹の伏籠から鶏を一羽出して放つと、『雪白』は翼をひろげて襲いかかる。己れの軀の数倍もある鶴にさえ、果敢に爪をたてる鷹である。鶏に爪をかけ翼の下に組み敷くのは、何の苦もないことであった。幼鳥のときから仕込みぬかれた『雪白』は、哀れなことに、みずから捕えた獲物を即座に喰いちぎろうとはせず、さよがとりあげて、肉を裂き与えるのを待つ。嘴も爪も、先端は小刀で丸く削られているのである。

鷹がとびかかる瞬間、さよは、ほとんど恍惚とした。この上なく贅沢な遊びであった。閉ざされた小さな世界は、血のにおいのする遊びばかりで成り立っていた。積み重ねられた古い長持の側面や壁には、鷹と白い糞が、凝固《ぎょうこ》した滝のように幾すじも流れた。

土壁にかこまれた薄闇のなかで、さよの目に、綿毛の塊りのような雛であった『雪白』をはじめて手に抱きとったときが視えてくる。谷を埋めた紅葉。無辺際の空。あのとき感じた言いようのない感覚は、捉えなおすべはないが、仄かに、その片鱗が軀をかすめる。

何日経ったのか、雨音に人声が騒然と混るのをきいた。父たちが帰宅したのかと、さよは長持によじのぼり、高窓から外を見下ろした。米蔵や穀物蔵、味噌蔵の扉が開け放され、人々が俵をかつぎ出している。

服装からみると、会津の藩士である。蔵の鍵は父が持っているのだから、他人がかってに開けることはできない。藩から父に命令が下り、鍵をわたしたのだろう。食糧の調達をしているということは、このあたりで長期のいくさをする肚づもりか、それとも城にはこぼうというのだろうか。馬の背に米俵を積みのせている。無頼な略奪者ではなく、統制のとれた動きであった。

米俵をかつぎ上げた男が、突然、のけぞって倒れた。放り出された俵が破れ、溢れ出した米がじわじわと赤く濡れてゆく。つづいて、数人が、腕をふりまわしたり叫び声をあげたりして、地にころがった。

銃声に、さよは気づいた。藩兵のなかで銃を持つものが応戦のかまえをしたが、敵の在りかが見えぬらしい。さよは音をたてぬように長持を下り、床に身をすくめた。土蔵の壁にも銃弾が当たるのか、鈍い衝撃を感じる。

韘を嵌め、咽声で呼ぶ。『雪白』は、架からさよの手にうつった。

銃ならまだしも、砲撃を受けたら、この土蔵もひとたまりもあるまい。死ぬのだろうか、と思った。恐怖が湧いてこないのが不思議だった。思いのままに、やりたいことをやった、その満足感のためだろうか。ほんの数日に過ぎないけれど、鷹と我だけの刻《とき》を持った。

死ぬのだろうかと思ったとき、さよは、衣櫃を思い出した。弥四郎が作ってくれた衣櫃は、千石町の長江の家においてきた。焼けたことだろう。わたしの骸《むくろ》をおさめるはずの衣櫃は、わたしより先に滅びてしまった。

弥四郎の顔と、鶯言葉といわれる弥四郎のすっきりした声が、明晰《めいせき》に思い出された。

幸い砲声はおこらず、やがて、銃声がとだえた。静寂がつづき、その静かさが、銃撃のさなかにあるときより、さよを不安にした。次になにが起こるのか、予測がつかないからである。砲撃による一瞬の死は、諦めを持てる。しかし、土蔵が打ち破られ、荒くれた男たちが踏みこんでくることを思うと、銃撃よりよほど恐ろしい。

ふたたび、外が騒がしくなり、人声や馬のいななきがきこえた。戦闘は終わった気配だ。勝利した方が、米や味噌をはこび出しにかかったらしい。ひとしきりざわめきが続いたあと、ひっそりとしずまった。陽が落ちかかっていた。

窓の外が闇になった。火を焚くことはためらわれた。窓から洩れる煙が敵を呼び寄せるかもしれない。きびしい冷えこみにこらえきれなくなり、置竈に薪をくべ、その火で熱くした石を、箱床の寝藁のあいだに埋めた。横たわって夜具をかけると、快いぬくもりが背につたわった。

翌日も、銃声が断続した。庭のうちにまで兵が押し入ってくることはなかったが、すぐ耳もとにあるようにきこえたり、また遠のいたりした。窓から見下ろすと、前庭には、銃で射たれた骸が一つ、雨に打たれていた。

次の日さよは、鷹を据えて外に出、空に放《はな》った。遠い一点となるのを見送って、蔵にもどった。一刻もたたぬうちに、鷹は高窓から舞い入り、架にとまった。ここは、鷹にとって、労せずして獲物にありつける場所であった。この日は、銃声は一発もきこえなかった。

父たちが帰ってきたのは、その二日後だった。祖母はいっそう痩せて背がかがまったようにみえた。

どうやら、いくさは終わったらしい、と父は言った。殿さまはじめ、籠城の侍衆はみな討ち死、とも、落城に際し、みなお腹を召されたども、降服して、殿さま方はみな城を出られたとも、噂はいろいろで、何が真かわからない、与平を若松に様子を探りに行かせているが、もはや、いくさは終わったことだけはたしかだろう。そう、父は言いながら、男衆を指図して、母屋の雨戸を開け放させた。男衆は、前庭の骸を筵ごと持ちはこんでいった。そのあとに、肥えた蛆《うじ》がぞっくりあらわれた。

祖母はかか座に背をまるめ、囲炉裏の灰をかきならし、火をおこした。

「父っつぁがおめを蔵に残したのは、考えがあったのんしよ」

はぜた火の粉を手で払い、祖母はそう言った。自分といっしょにいるより蔵に籠った方がかえって安全かもしれぬと、儀左衛門は判断した。村を焼くことを了承した儀左衛門は、村人の怨みを一身に浴びることを覚悟していた。どのような報復を受けるかわからない。

自分の身は自分で守れと、突き放した気持も、父のなかにはあったのではないかと、さよは感じた。

翌日、与平が若松から帰って来て、城方は降服、鶴ヶ城を明けわたし、殿さまとその御一統は城を出て、妙国寺に謹慎しらっちゃ、と告げた。落城は、九月二十二日であった。

しかし、二十五日ごろまで、さよは銃砲の音をきいている。そう、さよが言うと、与平はそのあたりのことも訊き探ってきていて、日光口守備隊に、会津降服、鶴ヶ城明けわたしの報がつたわったのが、二十五日。お城が落ち国がほろびたのも知らず、守備隊士は、田島から大内のあたりで烈しい攻防をくりかえしていた、敗戦を知らされてもなお降服を承知しないものも多かったそうだと語った。

「旦那《だんぼ》さま。大内は、村さ焼くと言われたけんじょも、肝煎どんが軀さ張って、何としても焼かねでくんつぇと、ことわったつうがなも」

与平は、そうつけ加えて、上目づかいに儀左衛門の表情をうかがった。儀左衛門が無言なので、

「大内は焼かれねかったと知ったれば、野地組の衆は怨むべな」

ひとりごとめかして、駄目押しした。

「家さ焼かれたものには、山の樹さ伐《き》らせてやるべし」

儀左衛門は言った。

「家さ建てる樹ィを呉《け》てやりんさりあすか」

「ただ呉てもやれねべし。安い利で貸してやるべい」

「お城方の女子衆は、侍衆さ助《す》けて、まず、みごとにいくさしらったと」

与平は、そう言って、ちらりとさよを見、城下で聞いてきた話を更につたえた。

城に籠った女子は五百人あまり、傷病者の看護や炊出し、弾丸の製造にあたった。

敵が城下に攻め入ったとき、城内に入りおくれた七、八人の女子は、坂下に集合し、

高久に進み、衝鋒隊《しようほうたい》に加わって、戦った。衝鋒隊は、旧幕藩の脱藩浪士たちから成る救援隊の一つである。その女子衆のほとんどは討死にしらったそうだ、と与平は、また、さよをちらりと見た。

数日後、雪になった。日光口の守備隊士が、頭や肩に白く雪を積もらせて、足をひきながら松川新道を若松にひきあげてゆく姿がみられた。腰に刀がないことが、敗戦のたしかな証しとして、沿道の人の目にうつった。そのなかに捨松の姿はなかった。夫の姿も、さよは見なかった。下野街道を行ったのかもしれないと思った。

Ⅳ

雪をかぶった川辺の葭《よし》のかげに、数羽の鴨がうずくまっているのを、さよは見た。拳に据えた『雪白』も、獲物に気づいたとみえ、眸に攻撃的な光を溜め、さよの合図を待つ。

足音をしのばせて近づき、気配を悟った鴨が雪を散らして飛び立った瞬間、鷹を放《はな》った。

『雪白』は、羽合せに失敗した。鴨は鷹の爪を逃れ飛び去った。追おうとする『雪白』を、招縄をたぐって、さよはひき戻した。拳に据えようとすると、『雪白』は羽搏《はばた》きして騒ぐ。

「見苦っせえの」

つい、人相手のような口調になり、鷹には見苦しいなどという感情はないものを、と苦笑する。

背後に人の視線を感じて、ふりむいた。男が立っていた。この冬空に夏の単衣《ひとえ》、裁着《たつつけ》袴《ばかま》は裾が裂けている。無腰であった。

「旦那さま！」

なつかしさとともに、無断で鷹を持ち出し生家に逃れてきていることを、どれほど咎められるかと、走り寄りかけた足がとまった。

「軽輩はお構いなしと処分がきまってな。どこといって行くあてもない。暫時、横山殿の厄介になるべいかと思っての」

長江周吾は言った。語尾には力がなかった。

「家さ、寄んなはりあしたか」

「さよは鷹の野仕込みに出ておると、祖母《おば》どのに言われての」

『雪白』じゃな、と長江周吾は言い、鷹をなだめるような咽声で近づき、胸を撫でた。

「肉色の落ちようが足らんの」

野仕込みの前には、もっと飢えさせ、肉を落とし瘦せさせなくてはだめだと、長江周吾は言うのだった。何となくぎごちない、面映ゆいような再会は、鷹の仕込みを話題にすることで、なめらかになった。

「旦那さま。鷹の馴らしようさ、教えてくんなはんしょ」

さよは言い、甘えた物言いをしている自分に驚いた。

「夫婦《みょうと》で鷹を使って生計《たつき》をたてるか」

長江周吾は、やわらかい眸《め》の色になって、そう言ったが、その声音《こわね》の底に、苦々しげなものがひそむようにさよは感じた。

「姉上さまは……御息災であすかなし」

「姉上は、なくなられた」

そう口にしたとき、周吾の顔色が動いた。さあっと暗い幕がかかったようにみえた。

「儀一郎は、まだ戻らぬときいたが、まことか」周吾は、祖母たちには〝どの〟をつけながら、さよの兄である儀一郎は呼び捨てにした。

「旦那さま、兄つぁの消息を知りあんせんか」

「家に戻っておると思ったのだが」

「まだ戻ってこねえのし。捨松兄つぁも……」

話をかわしながら、足は家にむく。

韘をくれと、周吾は言った。さよは、鷹を地に下ろし、左手の韘をぬいで夫にわたした。

「わたくしの手さあわせて縮めましたで、旦那さまには小せえすべ」

鷹の爪に裂かれてはかがり縫いした韘を、周吾は左手に嵌め、鷹を呼んだ。舞い上がった鷹を拳に据え、周吾は背をのばした。

いくさの模様をきこうと、儀左衛門も祖母も、分家の者たちも囲炉裏のまわりに集まったが、周吾は多くを語りたがらなかった。ただ、日光口方面の戦いは、決して敗けいくさではなかった、籠城の者がもう少しもちこたえ、雪が降るまでささえてくれていれば、賊徒は（と、政府軍をなおも周吾は呼んだ）極寒に耐えきれず、陣を解いただろうに、と洩らした。

籠城軍は猪苗代に、城外で戦った藩士は塩川に、それぞれ謹慎させられたのだが、軽輩はお構いなし、産業に精を出し、心得ちがいのないようにと通達があったのだ、と周吾が言うと、

「そんだら、儀一郎と捨松は、何して帰ってこねえのすべ。死んだべか」

祖母はうつむいて灰をならしながら呟いた。

捨松はしばらくいっしょの陣にいたが、戦死者が多く隊の編成はしばしば変わり、途中でどの方面に行かされたのか、自分には不明になった。儀一郎は……

「城内に入り、西出丸にいた」周吾は、そう言った。

「旦那さまも御城内に？ 兄つぁに会いなさったのであすか」

さよが訊くと、

「いいや。西出丸で戦った者たちから耳にしたのだ……」

周吾は言った。そのとき、周吾の顔色は再び蒼黒く一変し、さよをぞっとさせた。

「お晩ないやした」

声がして、男が土間に入ってきた。さよも顔見知りの倉原村の肝煎の作男頭であった。

「凍《しみ》たべし。上がれい」

祖母がすすめると、男は遠慮がちに背をこごめながら、

「だら、ちょっこら、ぬくもらせてもらうべか」と、濡れた藁沓《わらぐつ》をぬいだ。

「大沼で一揆が起きたつう話、旦那さは知ってっぺか」

「いいや、まだ聞いてねえが」

「だべ。おら家《げ》の旦那がその話さ聞いて、横山どんにも伝えてやれつうて、俺をよこしたのし」

「やんだの」

祖母が肚の底から吐息をついた。

「いくさが終わったれば、今度は一揆けヮ」

「大沼だら、遠いで、案じることもねえべした」

儀左衛門は言った。

中の間の裏の、儀一郎が使っていた部屋に、その夜、さよは夫と床を並べた。灯りのない真の闇のなかで、周吾は、これまでにさよの知らない一方的な荒ら荒らしさで、さよを犯した。やさしい抱擁ではなかった。さよはほとんど辱《は》ずかしめられているような思いがした。千石町の家では、襖一つでへだてられた隣りに小竹がやすんでいた。夫もさよも声を殺し、夫はひそやかにさよを抱いた。夫の軀の重み、体臭、不愉快な感触に、さよは耐え、これも妻のつとめの一つなのだと自分に言いきかせた。鷹の羽で己が躯を撫でたときの、あの快い血の騒ぎは、夫の手の下ではしずまっていた。そんなとき、さよは、父に責め殺された母にかすかな羨望をおぼえた。父を兇暴にすると知りつつなお、男に溺れずにはいられなかった、それほど、その男は母の躯を陶酔させたのだ。

いま、小竹はいない。祖母と父は二階にやすんでいる。夫は、残忍に、さよの躯を責めたてる。躯の奥処《おくが》に、何か奇妙な感覚が芽生えはじめた。

翌日、さよは、夫を土蔵に案内した。『雪白』を棲まわせている蔵である。鷹は架にとまっていた。

「ここを鷹部屋にしておりあすのし」

言いかけたさよの口は、夫の口でふさがれた。さよ自身、ひそかにそれを期待しないでもなかったが、ひどく淫らなことを考えていると、内心恥ずかしかったのだ。夫は、さよの恥じらいをひきむしった。さよが使った箱床が、そのまま置いてある。その寝藁の上に、夫はさよを押し倒し、着物の裾をわけ開いた。

「待ってくんつぇ。こだなまっ昼間……」

さよの声は無視された。夫はひとりで呻き声をあげ、さよの軀を藁まみれにした。昨夜芽生えかけた感覚は、よみがえってこなかった。

床《ゆか》に足を投げだし、箱床にもたれ、呆けたように肩で息をしている夫から目をそむけ、さよは着物の乱れをなおした。

やがて、夫は蔵を出て行き、さよは従った。雪はまだ根雪とはならず、溶けてぬかるんでいる。外の光がまぶしく、目を細めたさよは、その目を見開いた。

夕陽を背に浴び、儀一郎が、門を入ってきたのである。こざっぱりした袷を着、もちろん無腰であった。その背にからみつくように、女がいた。小竹か、とさよは一瞬思ったが、別人であった。小竹には、このような、男にまといつく色気はなかった。いや、まるで色気がないわけではない。清冽さが、一種の魅力になっていた……この、男の胸にくずれ溶けそうな女より、はるかに魅力があった、と、さよは思い出す。

儀一郎は、さよと周吾を見ると、ふっと薄く笑い、それから、ぎくっとしたように軀をこわばらせた。

儀一郎の薄笑いの意味は、女の表情に、もっと露骨にあらわれていた。周吾もさよも、髪や着物が藁屑だらけなのだ。ちょっと目はしのきくものなら、たしかに、薄笑いせずにはいられなくなる恰好であった。

周吾は儀一郎を凝視した。その眸《め》に射すくめられたように、儀一郎は少しずつ後じさり、女のかげに身をかくしかけた。

不用意に笑ってしまい、周吾を怒らせたと怯えているのか。そう、さよは思った。しかし、すぐ、思いちがいだとわかった。

周吾は、ずかずかと歩み寄り、

「たずねたいことがある」

と、儀一郎に言った。厳しい声であった。

「籠城の際、汝《われ》ァ西出丸におったな」

詰め寄られ、儀一郎は、う、と口ごもり、周吾の見幕に気圧されたように、うなずいた。

「さよ、この家には、刀があったな。二振り、持ってまいれ」

驚いてさよは首を振る。

「さっさとせい」

「何してであす」

「ぐずまくな」

儀一郎を見すえたまま、周吾はどなりつけた。

気が狂ったのか、と、さよは夫を見る。

「早うせい。刀だ」

「旦那さま。気ィしずめて、家さ入ってくんつぇ。兄つぁも、ようやくいくさから帰ってきたところであす。まず、休んではあ、もらいあすべ。こなださんも」

と、さよは、女に目をむけた。

「驚いたねえ」

女は、歯ぎれよく言った。

「来るそうそう、刀を持て、だもの。若旦那、この人、何なのさ。とんだお出迎えだね、この家の若旦那が御帰城だというのにさ」

「おめさんは?」

「何とごあいさつしたらいいのかね、若旦那。女房でござんすと、名乗ってもよござんすか」

周吾は苛立たしげに腰のあたりをさぐる。無意識に、手が腰にゆくようであった。兄を斬りたいのか。なぜ……。さよは、血の気が引く思いがしたが、やがて、周吾をなだめる気がしなくなった。何か、わたしが口出ししてもしかたのないような事情があるのだ。すいと、脇に退《の》いた。すると、女も、儀一郎の傍から一歩退いた。二人の女は、いくぶん冷えた眼で、対峙《たいじ》する二人の男を見た。女の力の及ばぬことで、男たちは血を流す。その流血に女をひきずりこもうとする。そう、さよは感じ、この女も同じふうに感じているのだろうかと思った。女房でござんす、と言いながら、この女も、兄つぁに冷たいことだ。

無腰のままの睨みあいは、長くは持続できなかった。長江周吾は、素手でなぐりかかるという町人百姓のやるような喧嘩をするつもりはないらしく、あくまでも刀にこだわっている。緊張がゆるみかけたとみて、さよは、

「兄つぁ、入《へ》えらっせ」

と、声をかけた。儀一郎も女も、酒のにおいをさせているのに、このとき、気がついた。兄つぁは、何と陰惨な眼つきをしていることか。夫も、また。

「ご心配なく、婆《ばん》ちゃん。わたしは、すぐにおいとましますよ」

囲炉裏のへりで茶をのみながら、女は祖母に言った。

「まさかね、本当におかみさんにしてもらえるとは思っちゃあいませんよ。でも、この人が来い来いと言うから、ついてきてみたまでさ」

「江戸のお人かね」

儀左衛門が、いささか興味をもったようにたずねる。

「まあ、生まれのことは、よござんしょ。いくさがありゃあ、女も、ついて動くんですよ。かねになるからね」

さよには、女の言葉の意味がよくのみこめなかったが、女郎衆なのだろうという察しぐらいはついた。

儀一郎と周吾は、なお敵意をみせあったまま、黙りこんでいる。

「おいとましますからさ、その前に、お茶よりゃあ、酒などご無心したいねえ」

女が言った。祖母に目顔で指図され、さよは厨から徳利と盃をはこんできた。

「おかたじけ。こっちの大きいのでいただきますよ」

湯呑のなかの飲み残しの茶を囲炉裏の灰に捨てようとするのを、祖母があわててとめた。

「囲炉裏さ汚してはなんねえのし」

「あれ、ごめんなさいよ。こっちじゃ、囲炉裏を大切にするんでしたっけね。やっぱり、わたしゃ、田舎の若旦那のお内儀になるのはむりだよねえ。朝から晩まで、お婆《ばん》ちゃんに叱られっぱなしになりそうだ。ほんのちょっとの間《ま》、いい夢がみられそうな気もしたんだけれどね」

祖母は茶こぼしに女の湯呑の茶を捨て、酒を注いでわたした。

「いいものだねえ。こうやって、火のまわりで、あったかいねえ」

女の瞼が薄く濡れたように、さよにはみえた。

「ずいぶん自堕落だと思うでしょう。女だてらに酒に喰らい酔っているなんざ」

女が押しかけ女房になる気はないとはっきり言ったので、祖母も父も安心したとみえ、女に無愛想な顔はしない。

「ともあれ、さっきは肝をつぶしましたよ。いきなり、刀を出せ」

女の言葉に、周吾と儀一郎は同時に目を上げた。二人の視線がからみあい、儀一郎は、目をそらせた。周吾が思い決したように片膝を立て、何か言おうとしたとき、儀左衛門が手で制し、遠くの音に聞き耳をたてた。

さよも耳をすませた。少し前から、何か喚声のような声が次第に寄せてくる、と思いながら、空耳《そらみみ》かと打ち消していたのだ。

儀左衛門は与平を呼びたて、表の様子をみてこいと命じた。そのあと、気がかりとみえ、自身で外に出ていった。さよも、あとにつづいた。儀一郎がついてきた。

暗くなった空に火の手があがっていた。すでに、どこかの肝煎の家が襲われたのだろうか。叫び喚く声は、家のなかできくより大きく明瞭になり、法螺貝《ほらがい》や鳴物の音も混る。

またも、抗《あらが》いようのない大きな力に巻きこまれようとしている。さよは、そう感じた。

儀左衛門は腕を組み、黙然と佇《た》っている。うろたえたところでどうにもならぬと肚を決めたようだ。儀一郎は青ざめ、眼を宙にさまよわせ、家のなかに駆けこもうとした。

そのとき、周吾が家から出てきた。儀一郎は追いつめられたような叫び声をあげ、蔵の方に走り出した。逆上したのか、叫びながらうろうろ走り、手近な蠟釜屋にとびこんで戸を閉めた。

儀左衛門は、息子が妹の夫を恐れているとは知らず、一揆に怯えたと思ったのだろう、眉を寄せ、臆病者めというように舌打ちした。

いくさを思い起こさせる鯨波《とき》の声は、瞬時に押し寄せてきた。儀左衛門は屋敷内の男衆を呼び集め、長屋門の扉を閉ざさせ、閂《かんぬき》をかけさせた。さらに、座敷や中の間の畳をはこび出させ扉にたてかけて防壁にさせた。

祖母と、儀一郎が連れてきた女が、家の中に二人だけでいるのも不安なのだろう、指図を仰ぐように儀左衛門の傍に来た。蔵に入っていろ、と儀左衛門は言い、さよにも、祖母《ばっ》ちゃたちと蔵にかくれろと命じた。さよは首を振って、父の傍に立った。このときは、逃げこむ気にならなかった。米蔵や味噌蔵は襲われる恐れがある。物置蔵がいい、内から錠をかけろと父は言った。中に鷹がいるだで、戯《あだ》けねでくんつぇ。さよは言い添えた。鷹？　と驚く女に、緒《ゆ》で結わえてあるで、近寄って戯けねば、悪さはしね、と、さよは安心させた。外の力に、父といっしょに巻きこまれようと、このとき、さよは思ったのだ。父は、一人で波に立ち向かおうとしている。兄つぁは逃げた。祖母と女が物置蔵に入り扉を閉めたとき、一揆の群れは、長屋門の前にまで迫っていた。

舞い上がる火の粉が美しく空を焼いた。儀左衛門に指揮されて、男衆は、門扉の内側で大槌や利鎌をかまえた。儀左衛門は奥から刀を二振りとってきて、一振りを周吾にわたし、一振りを自分が持ち、鞘をはらった。さよに、かくれていろ、と厳しく言った。さよは一足うしろに退いたが、そのまま佇《た》った。

門の外で、ぼうぼうと法螺貝がひびき、扉が揺れはじめた。入るな。踏ん込んだらぶっ殺すぞ。うわずった声で、防禦の男衆がわめく。外の鯨波は凄まじい音のなだれとなった。閂《かんぬき》がとび、扉は打ち破られた。松明と竹槍、鎌や玄能《げんのう》をかざし、火縄銃さえ持った群れが、畳を蹴倒し、押し入ってきた。男衆は逃げ散った。さよは腕をつかまれ、ひきずられ、立木にくくりつけられた。一揆の群れは母屋に殺到した。屋根に松明が投げ上げられた。炎に顔を染め走りまわる一揆の群れのなかに、さよは、二つの顔をはっきり見た。捨松と庄八が、混っていたのである。

さよの目の前で、豪壮な藁屋根は、火を噴きはじめた。家のなかから、一揆の男たちは、検地帳だの質地帳だの、水帳だの人別帳だの、すべての帳簿を庭にはこび出し、火をつけた。その一方、柱を斬り、壁を毀《こぼ》ち、天井をつき破り、その荒れ狂うさまが、黒い影が乱舞するようにさよの目にうつった。米蔵や味噌蔵の戸が開け放され、俵がはこび出される。いくさの最中に徴発され、その残りである。量が少ないことに、群れは腹を立てているようだった。

物置蔵の、内から錠を下ろした扉を、玄能が打ち叩いていた。開かぬとみると、継ぎ梯子を持ち出し、高窓にかけ、松明を持った男がよじのぼった。窓から松明を投げこんだ。次々に、下から松明が手渡され、七、八本たてつづけに投げこんで、男は梯子を下りた。窓から煙が噴き上がりはじめた。

「止めろ！　中に婆さまがいるのだ。火を消せ」

父の絶叫がすぐ傍できこえた。声のする方に首をねじ曲げると、父は、近くの立木に、やはり縛りつけられているのだった。自由のきかぬ軀をよじって叫ぶ儀左衛門の前に、男が立った。炎に照らされた男を、庄八だと、さよは認めた。庄八は、火縄銃を儀左衛門の胸にむけた。駆け寄ってきた男が庄八を突きとばしたが、その寸前、銃口が火を噴いた。突きとばしたのは捨松だ、と、さよの目は見たが、それとほとんど同時に、さよは失神した。

かすかに意識が戻ったとき、見知らぬ男の軀が、立木に縛られたままのさよに貼りついていた。男は腰に力を入れ、さよを幾度も突き上げた。その男が離れると、別の力が、さよを突き上げた。裾をひろげられ、むき出しになった脚の間を、血とも粘液ともつかぬものが流れた。

朝日が、焼けくずれまだ煙をあげている母屋をさよの前にくっきりと見せた。縄目がいくらかゆるくなっていた。しばらくもがいて、両手をぬき出した。痛みとともに指の感覚がもどってくるのを待ち、どうにか縄を解いた。そのまま、くずおれて血溜りのなかに坐りこんだ。動く人影はなかった。立木に縛られたまま、父が頭を垂れているのが見えた。

這い寄った。息絶えているのは、一目でわかった。父を縛った縄目は固く、さよの痺れた指では解けなかった。

物置蔵は、外からは何の異常もないように見えるが、そのなかがどのようなありさまか、察しがつく。視えてくる情景を、さよは消そうとした。

蠟釜屋は戸がこわれ、地に投げ出された二本の足がのびていた。霜柱がたった土の上を、半ば這いながら蠟釜屋に近づいた。見ぬ先から、何をこれから見ることになるのか、わかっていた。しかし、惨状は、さよの想像を上廻った。これほどのおびただしい血。軀じゅうの血が流れつくしたような。

その血は、ただ一人の人間の軀から流れたものであった。肩から胸にかけて裂けた上半身は、血の色のほかは見えなかった。血の海の底から辛うじて浮かびあがったような儀一郎の顔は、つくりものめいていた。

さよは、右手の爪を左手首にたて、強くくいこませた。目をつぶり、幻の鷹を据えた。

「夜が明けたな」

その声を、幻聴のようにきいた。

長さ三尺、太さ径一分あまりの竹の、二尺ほどの部分に麻を巻きつけ、その上に、周吾は黐《もち》を塗っている。擌《はご》と呼ばれるものである。黐は、千石町で餌指たちが黐の木の皮を煮て作っていたのを思い出しながら、さよが、周吾の指図で作ったものである。

雪が深い。黐を塗り終わった擌を、周吾はさよに手わたし、更にもう一本の竹に丹念に麻を巻きつける。二人とも、無言である。

さよは、擌を雪に突き立てる。

「もう少しかたむけろ」

周吾は、一言《ひとこと》命じ、もう一本の撴を、少しはなれたところに突きたてた。二本の撴の間隔は、一尺五寸ほど、上端の開きが六、七寸になるよう、周吾は傾斜を案配した。竹籠から生きている鳩を出し、片羽の根元を細紐で縛る。そのあいだに、さよは、二本の撴の中央に竹杭を立てる。三寸ほどの長さにした細紐で、周吾は鳩を竹杭に繋ぐ。更に、撴から撴に、雪の地面すれすれに細紐を張りわたす。

あとは、鷹の飛来を待つばかりである。

木立の陰にしりぞいて、周吾とさよは、筵を敷いた上に腰を下ろした。梢の雪を烈風が吹き下ろした。

二人のあいだも、二本の撴のように、離れていた。

一揆の擾乱のなかで、兄つぁを斬る以外、このひとは、何もしなかった。そう、さよは思う。

夜が明けたな。

幻聴のような声に、さよは瞼を開いたのだった。蠟釜屋の奥の薄暗に、もっこりと黒く、周吾はあぐらをかいていた。何を考える気力もなく、さよはよろめきながら蠟釜屋を出、焼けくずれ余燼《よじん》をくすぶらせる母屋の裏にまわった。

釣瓶《つるべ》井戸の縄にすがり、汲み上げようとしていると、周吾が来て、綱に手を添えた。その手を振り払い、さよはくずおれて、意識が遠のいた。——怖い夢を見た……。我れにかえったとき、そう思った。

眼の上に、天井板があったのだ。軀は畳の上に敷かれた蒲団の上にあった。一揆の焼き討ちなどとんでもない。天井も、柱も、がっしりと……と、視線を動かし、ふいに気づいた。ここは分家の仁兵衛叔父の家だ。

正気づいたさよに、仁兵衛が語りきかせた。騒ぎがしずまったとみて、仁兵衛は本家に様子をみに行き、釣瓶井戸のへりに倒れているさよをみつけ、家にはこび帰り、手当てした。周吾もまた、仁兵衛の家に同行してきた。父と儀一郎の骸もはこびこまれていた。

儀一郎を斬殺した周吾を、いくらさよの夫とはいえ、なぜ叔父は平然と寄《かか》り人《うど》にしておくのか、と、さよが口にする前に、仁兵衛は、周吾が儀一郎を仇とみなして討ったのは、聞けばもっともな話だった、と言った。

さよは、周吾に目をむけた。叔父の口をとおしてではなく、周吾から直接ききたいと思った。その気持がつたわったように、周吾は、西出丸の守備についた者たちは、日新館に火矢を射かけて焼いた、と言った。

したって、それは、隊長さんの命令でありやしたべ。焼かねば敵が日新館さのっとって、陣をば張るからと……。

さよが言うのを周吾は押さえ、
燃える日新館から、姉が走り出てきた。すると、儀一郎は、火縄銃を姉にむけて、射った。一発では命中せず弾丸をこめては射ち、こめては射ち、目的を達するまで射ちつづけた。

同じ部署についていた何人もの口から、わしはそのことをきいた、と周吾は言い、それ以上、何の説明も弁解もつけ加えなかった。

その日、別の惨事の報が、仁兵衛のもとにもたらされた。仁兵衛はそれをさよに告げた。

捨松が、道ばたの樹の枝に吊るされて死んでいる。縊死《いし》ではない、明らかに絞殺だというのであった。

兄つぁは、なぜ、小竹に執拗に銃をむけ、射殺したのか。松っつぁは、なぜ、一揆の仲間に加わり、自分の家を焼き、そのあとで殺されたのか。だれに殺されたのか。

鷹が罠にかかるのを待ちながら、さよは、いま、そのことを考えている。筵を二枚敷きこんでいるが、寒気はたえず軀を這いのぼる。

この数日、さよは周吾とともに、鷹が巣作りしている場所を求め、雪の山中を歩きまわった。この季節、巣にいるのは、出鷹と呼ばれる成鳥ばかりである。

寝泊まりの場所は、焼失をまぬがれた蔵の一つで、そこには、儀一郎に連れられてきて、思いもよらぬ災いに巻きこまれたあの女が、火傷を負った軀をやすめている。

火をかけられた物置蔵に祖母たちがいることを、失神からさめたさよに告げられ、仁兵衛は男衆に命じ、蔵の扉を打ち破らせた。仁兵衛がさよに語ったところによると、高窓から投げこまれた松明は、箱床に落ち、藁や籾を一気に燃え上がらせたらしいということだ。箱床には、祖母が寝ていた。蔵は厚い土壁で守られているが、そのなかにあるものは薪木にひとしい。祖母と鷹は、焼死していた。鷹は、足の緒を架に結ばれていたため、高窓から飛び去ることができなかったのだ。女が助かったのは、さよが蔵に籠ったとき飲み水を入れておいた大甕に、身をひそませたからである。火のまわりが早く、煙がたちこめ、扉の錠を開けることができなかったらしい。女は咽をいためため、ほとんど話ができない状態だった。瞼も腫れふさがっていた。

女は、いったん仁兵衛の家にはこばれた。しかし、仁兵衛は、何のゆかりもない女を、いつまでも世話をする義理はないと言い、さよも、叔父の家にいつづけるのは心苦しいので、半月ほど厄介になってから、さしあたり、焼け残った蔵に住むことにした。

すると、仁兵衛は、本家の土地財産は、惣領の儀一郎も次男の捨松も死んだからには、いっさい自分が相続する。他家に養女にゆき、そこから長江家に嫁いださよは、横山の家とは縁が切れている。何の権利もないのだと言い、この雪のなかに追い出すような無慈悲なまねはしない、冬のあいだは蔵を貸しておいてやろう、雪が消えるまでに、身のふりかたを考えておけと、申しわたした。また、冬のあいだの食糧として、蔵のなかの米や雑穀、味噌などに手をつけてもよいが、それらはすべて貸勘定として帳面につけるから、あとで金銭でなり何なり、きっちりと返済するように、と言ったのであった。

このいくさで、兄たちも周吾も、みな、心のどこかがこわれたようなのに、叔父だけは、冷静でまともなのだろう、とさよは思った。叔父の言うことは、情は欠けているが理には叶っているのだろう。

蔵のなかで、周吾が軀を求めてきたとき、さよは、拒んだ。

儀一郎が血だまりに倒れている蠟釜屋で、夜が明けたな、という声をきき、薄闇のなかに夫の姿を認めたときの、血がひくような恐ろしさは忘れることができない。

蠟釜屋の外では、わたしが男たちに凌辱されていた。周吾は、それに気づかなかったのか。姉の仇と思いつめた儀一郎を殺す、そのことしか念頭になく、それを果たしたあとは、呆けたようにあぐらをかいていたのだろうか。

姉の死に対する周吾の執着の強さも、さよには、いささか不気味であった。わたしと過した月日よりも、姉と弟と二人で暮らした歳月の方がはるかに長いのだ。周吾が姉思いであるのは当然だった。妻を姉よりいとしまねばならぬということはないけれど……。このひとも、やはり、あのいくさで、心のどこかがこわれたのだ。一部分をこわすことで、心のすべてが崩壊するのをまぬがれているのだ。わたしも、自分では気づかなくても、どこかこわれたのかもしれない。おびただしい死にかこまれながら、このように平然としていられるというのは。痛切な哀しみとか、正当な憎悪とか、そういう感情がこわれて、その部分は何か冷ややかな硬いものに変ってしまったのかもしれない。

さよは、周吾を、鷹使いの師とみなそうと思いさだめた。野性の鷹を仕込むすべは、周吾から習得するほかに、てだてはなかった。周吾に軀を思いのままにされるのを、その謝礼とみなせば耐えられると思い、ひどく淋しい気がした。

鷹の飛来を辛棒強く待ちながら、さよは、千石町の家で、鷹道具の手入れをする夫の傍に寄り添っていたときを思い浮かべる。あのような日々がもう少し長くつづいたら、血の騒ぐ烈しさは無いにしても、深い情愛の絆が周吾とのあいだに結ばれていったのかもしれない、と思う。

雪煙が舞い上がった。二本の撲ははねとんで倒れ、鳩は声も立てず、鷹の翼の下に押し伏せられた。

米蔵は、がらんとしている。一揆の群れがはこび去ったあとに、はこびきれず残された数十俵は、仁兵衛が自分の家の蔵におさめた。一俵だけ、さよの食扶持に残されたが、それは、叔父の帳面に、貸しとして記載されている。粟や稗、味噌玉や塩や薪木も同様に、さよが叔父から借りることになった。祖母が女たちを指図し、さよも手伝って作った味噌玉であった。

床に筵を敷き、そこが、さよと周吾、女の仮の塒《ねぐら》であった。置竈の火が、ほのかなぬくもりを与える。

大沼郡滝谷組の村々からはじまった一揆は、会津領内一円にひろまり、未だ鎮まらない模様であった。いくさのために軍役につかされ米や作物を徴集され、更に官軍に御用米をとりあげられた村々は、無年貢仰せつけられたし、田畑質地残らず御貰い申したし、等の要求をかかげ、吹雪のなかを肝煎の家に押し寄せ、質地証文だの元帳だのをことごとく焼き捨てているそうだ。

女は、瞼の腫れがひかず、声もまだ満足に出ない。突然まきこまれた悲運に、女は茫《ぼう》っとしているようだった。女にとっては、まったく理不尽な巻き添えで、さよは、この女には声も態度もやさしくなる。官軍について流れてきた女郎の一人で、さしあたってどこに行くあてもない、身寄りもこのあたりには一人もいないと、女は掠れた声でようやくそのていどのことを語った。名は、あつか、はつか、それともなつなのか、はっきりときさとれない。夏という言葉が描かせる青葉のさわやかさに惹かれて、おなつさん、とさよは呼ぶことにした。

「若旦那は？」とおなつに訊かれ、「あの騒ぎのなかで死んだ」とだけ、さよは語ったのだった。

周吾は、伏衣《ふせぎぬ》で両翼と胴を包みこんだ鷹の脚と尾の元を握り、膝の上に仰《あお》のかせて、がっきと押さえ、

「取搦《とりがらみ》の爪から切れ」

と、膝をつきあわせるようにしてむかいあったさよに命じる。

「どの爪であす」

「取搦だ」

以前は、こんな気短かな荒い声をたてる人ではなかった、とさよは思う。しかし、いよいよ鷹の仕込みを体得できるのだと気負っているさよに、その荒い声は不愉快ではなかった。

「取搦も知らぬのか」

千石町にいたころ、手文庫にあった写本を一心に読み、ひととおりのことは頭に入っ

ていたつもりだったが、とっさに思い出せない。

「これだ」と、周吾は、鷹の前指のまん中の指をぐいと起こして押さえた。

「この指をこう起こすと、他の指は力が入らぬのだ」

自信が周吾の声音にみちる。

おなつは、置竈の火にかじりつくようにして、腫れふさがった眼を二人にぼんやりむけている。からっとした伝法な口をきいた女が、一夜で別人のようになってしまった。

鋭利な小刀の刃先を爪にあて、一削ぎする。鷹はびくっと肢をちぢめようとしたが、それ以上の身動きはできない。一しずく、血の玉が盛りあがる。さよは即座に、火中で焼いておいた火針をあてて血止めする。

更に、懸爪《かけづめ》、内爪《うちづめ》、返籠《かえるこ》と、削いでゆく。返籠は、うしろ向きに生えた蹴爪《けづめ》である。

鷹の爪は、人間が支配するためには鋭《するど》すぎるのだ。そう、さよは思い、高貴なものを人の低みにひきずり下ろしている、とうしろめたくなる。

爪を削り終えた肢に足革をつける。

周吾は、片手を鷹の背から肩口に当て、片手は脚と尾を持ったまま、頭をぐいと廻させた。

さよは、鷹の頭にそっと手をふれた。

「しっかと押さえろ。おでおでするな」

怯えているわけではない。嘴を削るという行為が、爪を削る以上に、無慙《むざん》なことと感じられたのだ。

鷹は我が分身などと、ずいぶん身勝手なことを、わたしは考えていたものだ。分身ならば、『雪白』を蔵に放置し、むざむざ焼死させることなどなかったはずだ。あのとき、わたしは、鷹よりも父の傍にいる方を選んだ。『雪白』は土蔵にいれば安泰だと信じきっていたから……。まさか、高窓から火を投げこまれるとは、思いもしなかったのだから……。鷹を救い、父をひとり死なせたら、悔いはもっと深かったかもしれない。箱床に火が落ちたのでは、祖母《ばっ》ちゃは、わたしがいようといまいと、助からなかったことだろうが。

いずれにせよ、あのコメツガの梢にかけられた巣から奪いとり、わたしの手に雛を抱きとったときから、わたしは『雪白』の宿命となったのだ。いままた、この野性の鷹の宿命となろうとしている。この鷹を、意のままに馴らす悦びは、わたしには、かけがえがない。わたしは鷹に魅入られている。魅入られるとは、相手の宿命となることか。鷹にとっては、無慙な。

さよは、嘴を握り合わせたまま、上嘴の先端を小刀で削った。ついで、嘴を開き、口《くち》入《い》りのところに人さし指を横にはさみ、下嘴をほんの少し削る。周吾は、上下の嘴を合わせ、喰い合わせの具合をみて、うなずいた。

策の先を水に濡らし、口中を洗う。伏衣を少しずつはずし、翼についた黐も洗い落とす。

そのあと、鳩の肉を二、三片、水に浸し、口中にさしこんでフクミ餌を喰わせた。鳩は、前もって罠で捕えておいた野鳩である。周吾が餌を与えようとするのを、さよは頼んで、自分の手で与えた。怒り猛る鷹を少しでもなつかせたく思ったのである。

鷹部屋に繋ぐために周吾とさよが立ち上がると、おなつは、心細そうにうろうろと手で宙をさぐった。

「すぐ戻ってくっけえ、待っとってくんしょ」

さよはなだめるように言った。

鷹部屋は、空になった穀物蔵の一隅に、あらかじめしつらえておいた。

窓と扉を閉ざせば一すじの光も入らぬ蔵のなかは、鷹部屋にはこの上ない真の闇が得られるのだが、広すぎると周吾は言い、隅を一間四方ほどに板囲いした。さよが『雪白』のために用意したのとはくらべものにならぬ、本格的な鷹部屋が作られた。

水舟をおき、休み棚と餌棚を打ちつけ、架をわたし、架垂れをかける。架垂れは、筵を用いた。架の下に、直角に張架を張り、架垂れを山形にとめつける。架に据えた鷹が騒いで落ちたとき、登り戻るのを容易にするためである。土の床には寒気よけに藁を三、四寸の厚さに敷いた。

この、闇のなかの架に鷹を据え、置き去りにして、周吾とさよは外に出、扉を閉ざした。

鷹を仕込むには、よけいな情は殺せ、と、周吾に言いわたされている。

鷹を繋いだその夜、『喰い付かせ』ということを行なう。丸鳩《まるばと》――鳩の頭を去り、胸の皮を剝いたもの――を鷹に喰いつかせ、ごく少量を与えて、味をおぼえさせる。『強鷹《きついたか》』は、なかなか喰いつかぬ。そういうときは強制せず、翌夜、また行なう。

喰い付かせに成功したら、その後は、『詰め』といって、鷹を餓死の寸前まで飢えさせる。そうして、少しずつ肉を与えながら、外を据え歩き、人に馴らせ、暗さから明るさにも馴らしてゆく。

口で言うのはたやすいが、詰めの頃合をはかるのはきわめて難しい。熟達するまでに、鷹の四、五羽も殺すものもいたな、と周吾は言った。周吾の父も鷹匠であり、周吾は幼いころから御鷹部屋に出入りして育った、と、その話をするとき、彼の目はわずかに和んだ。最初知りあったころの、のどかでくったくのない周吾が、そのとき、よみがえったようにみえた。

米蔵のなかは、絶えず火を焚かねば寒気に耐えられない。この薪木が、仁兵衛の帳面に貸しとして記載されるということが、さよの意識をかすめたが、じきに忘れた。

粟と稗の混った粥を炊き、夕餉をすませた後、周吾とさよは、喰い付かせの準備にかかった。周吾は鳩の頭を断ち落とすことをさよに命じた。

一揆の血のにおいが、鼻先にたった。鳩の宿命、という言葉が浮かび、その言葉を振り払うように、刃を下ろした。おなつが、怯えた叫び声をあげた。おなつは目がよく見えないのではないかと、さよは思っていた。炎と煙でいぶしつけられ、目をいためたのではあるまいか。おなつは物音がすると、目をむけるより、耳をその方に近寄せる。しじゅう耳をそばだてるふうなのだ。しかし、それをさよと周吾に悟られないよう、ふるまいに気をくばっている。そう、さよには感じられていたのだが、鳩の首を落としたときあがった悲鳴に、失明してはいなかったと、ほっとした。

胸の羽をむしり皮を剝いだ丸鳩を持って、周吾とさよが出て行こうとすると、おなつは、二人にすがりついた。待っていてくんつぇ。さよは、なだめた。

闇のなかを、手さぐりで架に近づく。架垂れに手が触れた。肉が露出した胸を上にして丸鳩を左手に持ち、右手を架垂れの上の方にすべらせて、さよは、鷹の居場所を探る。

架をつかんだ趾《あし》を探りあてた。その趾指に丸鳩を触れさせ、静かに喋鳴《ねずな》きする。鷹は、喰いついてはこなかった。

長居するな、というように、周吾がさよの腕をつかんで、かるくひいた。

「あれは、『強鷹《きついたか》』だ」

喰いつかせるまでに、七、八日はかかるだろう、と周吾は言った。

る。鷹の仕込みを話題にしているかぎり、さよは、周吾を師と敬い、すなおな気持になれる。しかし、周吾が夫として当然なふるまいに出ると、さよの心は冷え、軀も冷えた。儀一郎を斬殺した周吾、男たちに軀を荒らされるさよに気づかなかったのか、気にかけもしなかったのか、「夜が明けたな」と、一言いっただけの周吾が、そうして、さよを襲った男たちのおぞましい感触が、たちあらわれるのである。

儀一郎がなぜ、小竹に銃をむけ射殺したのか、さよにはいまだに謎であった。捨松が一揆に加わった心情は、わからないわけでもない。

下男より少しはましというような暮らしを父に強いられ、一生、儀一郎に飼い殺されると運命づけられていたのである。その上、父は、自分の都合で捨松を入隊させ、あげくの果て、上司の命令で村を焼いた捨松を勘当した。反逆の仲間に加わりたくなるのも当然なのかもしれない。しかし、日光口守備隊の一員として、野地組の村々を焼いた捨松を、一揆の人々は、喜んで迎え入れはしなかったはずだ。そう思うと、放火、帳面焼き捨ての目的を果たしたあとで、捨松が吊されて殺された理由も、わかってくるような気がする。一揆の人々は、捨松を戦力として使ったあと、村を焼いた行為を断罪した、ということなのだろうか。焼かれた恨みを、捨松の一身に負わせた……。

いまは、鷹を仕込むことだけに専念しよう。そう、さよは思った。四日、五日たっても鷹は喰いつかず、その一方、おなつは体力が恢復してきた。

鷹を囚《とら》えてから十日もたった雪もよいの日、さよが釣瓶井戸から汲みあげた水を手桶で米蔵にはこんでくると、おなつは、置竈のそばで、髪を結いなおしていた。といた髪を、いつも前髪にさしている櫛で梳きながら、

「おさよさん、はばかりさま。ちょいと手を貸しておくれな」

という声が、艶をとりもどしてきている。

「元結がほしいんだが、むりだろうね。藁でいいよ、根をぎっちり結んでおくれよ」

瞼の腫れがひき、眼に表情がよみがえっている。

昨夜夢うつにきいた、女のしのび笑う声を、さよは思い出した。周吾の荒い息づかいも、たしかに、混っていた。その前の夜も、同じような声を、きかなかっただろうか。

頭頂にまとめた髪の根を藁で縛ってやると、おなつは、手鏡もなしに、たくみに髷を結いあげ、

「おさよさんの髪も結ってあげよう。まあ、ちょいとここにお坐りな」

と、笑顔をみせた。

周吾は、このところ、鷹の仕込みにあまり熱意をみせなくなりはじめていた。夫婦で鷹を使って暮すか。一度は、やわらかい眸の色になってそう口にしたこともある周吾だったが。

鷹を仕込んだところで、虚《むな》しい、と、周吾は明らさまに言った。藩公の御鷹であるからこそ、鷹匠という御役に、誇りを持っていた。鷹を使って禽獣をとり、それを生活《たつき》の糧《かて》にするなど、御鷹匠として、あまりに侘しい。そんなことを口にした。

髪を結いなおしたその夜、周吾は、鷹部屋に行くのをおっくうがり、あれは、強情すぎてだめだ、と見放したように言った。さよは、腐らないように雪に埋めて凍らせてある丸鳩を火にあたため、ひとりで鷹部屋に行った。

闇のなかで嗔鳴《ねずな》きをきかせる。強い爪が、丸鳩を持ったさよの左手に喰いこんだ。鞢を嵌めていなければ、血を噴いたことだろう。鳩が強い力でひっぱられた。喰いついたのだ、と悟る。ここで満腹させてはならないと、周吾に教えられている。さよは、あわてて、鳩をとり戻した。一嘴《はし》か二嘴、味を知らせるだけにとどめ、あとは、鷹にとってはこの上ない苦行の『詰め』を行なわねばならぬ。

鷹の羽搏きが耳を撃つ。緒で繋いであるし、夜目の効かぬ鷹は、闇のなかでは襲いかかってくることはないと承知しているものの、さよは、やはり恐怖を感じ、丸鳩を背にかくし、あとじさりした。『雪白』のように雛のときから人のなかにおかれたのとはちがう。出鷹である。強靭な翼と天性は、少しもたわめられていないのだ。

喰い付かせをはじめてから据え上げまで、順調にいっておよそ二月《ふたつき》はかかると、周吾に言われている。長江の家に嫁いだとき、鋳型に嵌めこまれ、はみ出す手足は断ち切られる、と感じた、そのことを、さよはまた、思い出していた。いま、自分が鷹を鋳型に嵌めている……。

そんぜも、おめを馴らす。さよは、声には出さず、語りかけた。鷹を飼い馴らすのは、わたし自身が鷹になることとの、代りの行為なのだ、と、さよは、その言葉は自分にむかって言った。

米蔵で、夜、夫とおなつが軀をかわしあう気配がつたわったが、さよはたくましい翼に身を託し、空を馳けた。

毎日、昼に一度、蔵の扉を細く開ける。糸のような光が流れこみ、目を馴らしていると、中の様子がぼんやり見えてくる。

鷹は、次第に糞の量が減り、四日もたつと糞は油ウチ（青色の糞）に変わってきた。眼頭は瘦せ衰え、眸の力が弱まった。

周吾は、ふたたび興味をとり戻したのか、注意深い目を鷹にむける。

この蔵のなかで進行しているのは、何なのか。実際に力を持っているのは、『死』ではないのか。さよは、そんな怯えを持つ。鷹を仕込むつもりで、実は鷹の『死』に力を添えているのではあるまいか。

鷹に、孤独という感情はあるのだろうか。

七日め。鷹は架から落ち、架垂れにひっかかっていた。さよは血がひいた。周吾はうろたえず、静かに近寄り、鷹を架にもどした。湾曲した爪は、架をつかんだ。

「しくじったかもしれぬ」

「死ぐんであすか……」

周吾は、詰めは十分だ、と言っただけであった。

夜、新たに首を落とした丸鳩と水桶を持ち、鷹部屋に入った。闇のなかを静かに架に近づく。さよは、まず、架垂れの上をさぐった。冷たい骸が指に触れるのではないかと恐れていた。手を上にのばしてゆく。爪が、丸鳩を持った手に喰いいった。傍の周吾が鷹の胸を撫でる気配がつたわった。

三嘴ほど肉を喰わせ、すぐにとりあげて、そのあとは水を十分に飲ませる。

鷹の体振いが、さよの全身につたわった。

次の夜から、『夜据』にかかった。

手さぐりで、鷹を拳に据える。ホ、ホ、と咽声をきかせながら、丸鳩を食べさせる。第一夜は、それだけで終る。極度に衰弱した鷹は、警戒心も敵意も失ない、前夜おぼえた肉に喰いつく。

第二夜は、咽声とともに口餌（丸鳩）を与えながら、土間を蹴り、足音をたてる。更に、話し声や物音に、徐々に馴らしてゆく。忍耐と根気のいる作業であった。架から落ちるほど弱りつくしたとき、鷹は、いったん死んだようなものであった。その時点で、鷹の本性は削《そ》ぎ落とされ、無防備な弱々しい赤子のようになり、闇と咽声と口餌だけの世界にめざめ、人為的に作りかえられた生をたどりはじめる。

夜据のあいだは、周吾は鷹部屋にさよとともに入り、指導した。日を重ね、少しずつ据える時間をのばし、鷹が十分に馴れたところで、『軒据』、つまり、深夜、鷹部屋の外に出ての据廻しにかかる。

最初は、扉を開けたまま、鷹を拳に据えて、蔵のなかに佇《た》つ。半刻ほど、そのまま立っていろと周吾は命じ、出ていった。烈風が吹きこむ蔵に、さよは鷹と残された。蓑を着け、腰から下には筵を巻きつけているが、冷気は足から背に這いのぼり、軀が氷に変わってゆくような気がする。鷹のいのちを、もらっている。そう、さよは思う。鷹のいのちがわたしの軀に流れこむ。その分、鷹は寿命を失なう。

数夜、同じことが続けられた。五夜めに周吾は様子を見に来て、その次の夜、ようやく、一歩蔵の外に出ることを許された。外に出ては蔵に入る。また、外に出る。これをまた、数夜、そうして、軒下をはなれ、戸外で据えることになる。

それと同時に『餌合子《えごし》仕込』が行なわれる。薄く切った鳩の肉をいれた餌合子（餌入れ）の底を蓋で叩き、ホ、ホ、と声をかけ、肉片を与える。餌合子を叩く音と咽声が、鷹をあやつる合図の音となるのである。

夜据の時間を少しずつのばし、凍てついた深夜の雪道を、さよは鷹とともに歩く。そのあいだ、周吾がおなつとどのような時を持っているのか、さよは、まったく気にならなかった。

「明けをこたえるか」と周吾が言ったのは、夜据をはじめて十四、五日たったころであった。明けをこたえるとは、どういうことか、とさよがたずねると、夜明けまで据えることだと、周吾は教えた。

東天が白みはじめた。山肌の雪を耀《かがや》かしながら箭《や》のようにのびた曙光に、さよの拳の上の鷹は、空に彫《え》りこまれた姿をあらわした。鷹の眸《め》にも、さよの姿がうつったにちがいない。鷹は、微動もしなかった。さよは、少し涙を流した。

「曙《あけぼの》」と光を踏まえた鷹に呼びかけた。

高みより舞い下りた『曙』は、鷺の頭にぐわっと爪をたてた。同時に、蹴爪を鷺の嘴に割り入れた。

鮮やかな鷹の戦法に、さよは目を奪われた。雪をかぶった葭の茂みに、嫋《たお》やかな風情で佇《た》つ鷺だが、その体軀ははるかに鷹をしのぎ、長く鋭い嘴は、凄まじい攻撃力を持つ。

鷹はみごとに、相手の武器を封じたのである。さかしらな鷹匠の調教の及ばぬ、鷹自身の知恵であった。

鷹匠は、ただ、人に馴れさせ、人の命令のままに獲物にかかり、とりあげられるまで待つことを仕込むだけである。ただそれだけのことに、二箇月の月日を要する。鷹の本性を削りたわめる作業だからだ。

烈しく羽搏き飛び立とうとする鷺を、鷹は死力をつくして翼をひろげ組み伏せる。鳩や鴨のように、たやすく組み敷ける相手ではなかった。白い羽毛、褐色《かちいろ》の羽は、光と影のように散乱した。

さよは雪に足をとられながら駆け寄り、宙を蹴る鷺の肢を膝の下に組み敷き、小刀で胸を刺した。咽声で合図すると、『曙』は、獲物をつかんだ爪をゆるめ、はなれた。鷺の脇腹を裂き、心臓と肝をさぐりとって、左手の拳に鷹を呼び寄せる。血に濡れた心臓と肝を、『曙』はつるりとのみこんだ。さよの指は鷺の血に染まった。雪は殺戮の痕を吸った。

『明けをこたえ』てから、このように命令にしたがって獲物にかかるようになるまで、なお、一月あまりの辛棒強い調教が必要であった。

年の瀬を越え、『曙』が鷺を捕獲したこの日は、正月の二日であった。

周吾は、ほとんど覇気を失なっているようにみえる。鷹の仕込みは、周吾にとっては、新鮮な驚きも歓《よろこ》びもない、手なれた作業なのだろう。殿さまの御鷹を据える、という栄誉は失なわれた。

「鷺は食えんな」

さよが抱えて帰ってきた獲物を見て、周吾は、そう言っただけであった。おなつの方がいくらか興味深げに、さよが拳に据えた鷹と鷺の骸を見くらべた。『曙』を鷹部屋に繋いでから、米蔵に戻ってくると、おなつは、置竈にかけてある鉄瓶の湯を桶に汲みこんでくれた。凍えきった手足を湯に浸す。血がめぐりはじめるのが感じられる。

周吾とおなつが夫婦であって、さよはその妹分といった暮らしがつづいている。不満はなかった。嫉妬は湧いてこない。周吾に軀を求められないことが気楽なほどだ。日々の暮らしにどうしても不足なものは、仁兵衛のところに行って無心すれば、貸すのだぞ、と念を押しながらではあるが、与えられる。見返りに、さよは、『曙』に捕らせた山兎や野鳥をわたす。

正月の餅も、仁兵衛から借りた。『曙』が狩る獲物のおかげで、冬ごもりの食事は、ずいぶんゆたかになった。ことに、兎ときたら、捨てるところがないほど、どの部分も食用になる。

兎の料理のやりかたは、昔から若松城下にもつたわっている。マタギからまなんだものだという。

山兎の肉でもっともうまいのは、山椒《さんしょう》を食べている兎である。兎は特有の臭みがあるのだが、これは、皮を剝いて枝肉にし、雪のなかに一昼夜埋めておくと消える。余分な肉は塩漬けにして貯えておく。

皮は毛を焼き切って乾燥させ、裂いて食べる。湯で洗って水煮にし、千切りにして酢味噌で和えれば、ずいぶん珍味だし、毛焼きした皮と臓物を酒粕と味噌で煮てもうまい。兎がトリキシバの若芽を餌にしていてくれれば、その香りと毛の焦げた匂いが混り、たいそう香ばしい味になる。

骨は鉈で叩きつぶし、肉に混ぜて団子にし、汁の実にする。堅い肉も、細かくきざんで腹皮といっしょに二刻《ふたとき》も煮こめば、筋がほぐれてとろりとなる。

骨ごと煮た関節の部分は、こりこりと歯ごたえがあり、噛みくだいて髄をしゃぶるのもうまい。

兎の腹を割り、腸の、胃に近い部分を二箇所糸で結んで煮る。腸のなかには、胃でどろりと溶かされた木の新芽が詰まっている。これが、少しほろ苦いけれどいい味なのだ。子供のころから、マタギが持ってきた兎を買いとり食べてはいたけれど、これを賞味するには、昼前に獲った兎にかぎる。昼をすぎると腸のなかみが粒状になり、食べるのに適さなくなる、ということを、自分で獲るようになってから、さよは経験で知った。

マタギは熊や羚羊《あおじし》も獲って食べるが、これは、鷹を使って獲れるものではなかった。『鷹使い』。これが、わたしだ、とさよは思う。豪農の娘。藩士の妻。いずれも、さよ自身にはかかわりなく、外からの力で、そこに置かれたのであった。

春になったら、蔵は明けわたせ、身のふりかたを考えろ、と仁兵衛に言われている。鷹狩りのできるところに掘立小屋を建てよう。そう、さよは思う。鷹を使って生計《たつき》をたていこう。雪の重みに耐える頑丈ささえあれば、ほんの、身を横たえるだけの広さでいいのだ。『曙』のための、昼でも薄墨の闇を作り得る小部屋と。

本来、山野を天翔《あまかけ》る鷹に閉ざされた闇は不要である。人間が、鷹を意のままにするために、必要な小部屋なのだ。

仁兵衛叔父が、本家の土地はすべて自分のものだと言うのなら——たぶん、それはまちがってはいないのだろう、わたしはいったん他家に出たものだ——弥四郎に、適当な場所を教えてもらおう。そう、さよは思いついた。霧がかりの山、山七分の上は、木地師の往来根伐りかってたるべし、と、尊い方のお許しを得ているという木地師たちである。霧におおわれる山襞、そこは仁兵衛の力の及ばぬ地であるはずだ。小屋を作るのにも、弥四郎は、頼めば手を貸してくれるだろう。さよが生まれたとき、魔除けの木形子《きぼこ》を作ってくれ、嫁ぐときは衣櫃《きんびつ》を作ってくれた弥四郎である。

『曙』と狩りに明け暮れ、さよにとっては、享楽的とさえいえる日々であったが、周吾は決して心みち足りてはいなかったのだと、さよが認めたのは、二月に入ってからであった。

その日、さよは、山兎同士の、凄絶な闘いを目撃した。二羽の山兎が強靭な後肢で蹴りあっていた。立ち上がって組みあい、前肢で殴る。嚙みついて生皮を剝がす。半ば剝がれた皮は縮んで、軀のそこここに美しい毛玉を作り、露出した赤むけの肌は血の粒を噴き出す。

羽搏《はばた》こうとする『曙』を、さよは制した。

二羽の兎から少しはなれて、もう一羽が闘いを眺めている。勝負がついた。一羽は、首すじを嚙み裂かれ、雪を染めて横たわり、勝利した兎は、眺めている兎の傍にはねとんでいった。発情《ふけ》の季節になり、雄が雌に求愛しているのだと、さよは察した。

雌は、焦らすように少し退《の》いた。雄はすり寄る。雌は走り出した。その後を雄は追う。雌の意をむかえるように、雄は、血にまみれた軀で、とんぼ返りまでしてみせる。血の雫が雌の首にとんだ。兎は警戒心が強い。雪の上を行く場合、ある距離まで行くと、必ず、その足跡をたどって引き返す。そうして、六尺から九尺も横にとびはね、足跡をくらませる。しかし、いま、兎は警戒を忘れている。走ってはとまり、からかうように雄を見てまた走っていた雌は、やがて、執拗に追う雄に、ちらりと媚態をみせた。

血みどろの雄は、一気に雌を捉えた。のしかかった軀は、しかし、一瞬で離れた。猛々しい命賭けの闘争と、長い求愛に比して、何ともあっけない情事であった。

さよと『曙』は、一羽の兎も獲らず、米蔵に帰った。周吾とおなつのもつれあう姿を見るのだろうかと、何か胸が重くなった。

蔵には、おなつがひとりでいた。

「早かったね」と言いながら、湯を桶に注いでくれた。

「あの人は、またお城下に行ったよ」

周吾は、天気のいい日には、時々若松まで遠出する。獲物を売るという名目だが、城下の様子を知りたいのだろう。

周吾が口重く語るところによると、大半焼きつくされた城下は、更に官兵の略奪にあい、壊滅状態だそうだ。焼けあとのなまなましい往来で、白昼博奕が盛んに行なわれ、贋金がおびただしく出廻り、焼け残った空店に他国の商人が入りこみ商いをしている。

猪苗代に謹慎中の藩士は信州松代の真田家に、塩川謹慎の藩士は越後高田の榊原家に、それぞれ永の預けと処分が決まったのは、年が明けて早々だった。高田送りの人々は正月九日に塩川を発ち、豪雪の越後路を高田にむかったそうだ。猪苗代に謹慎中の者も、出立は間近だろう。そんなふうに、周吾は語っていた。

この日、周吾は帰宅しなかった。夕刻から雪になったので、道が閉ざされ、帰れずにどこかに泊まりこんでいるのだろうと、置竈の火に手を焙《あぶ》りながら、おなつとさよは語りあった。おなつの顔と手は火明りに赤く浮き出しているが、背は冷たい闇に溶けこんでいる。自分も、おなつの目には同じようにうつるのだろう。

「おまえさんの兄さん……若旦那……、旦那に殺されたのだってね」

おなつが旦那と呼ぶのは、周吾のことである。

「旦那さが言いんさったのけ」

気にかかっていたことだ。しかし、おなつの前で口にするのははばかられ、鷹の仕込みに明け暮れているうちに、いつとなく、心から遠のいていた。

「若旦那も浮かばれないねえ。若旦那にしてみれば、いっそ功徳をほどこしたというところだろうに」

「功徳……」

「惚れた女がさ、火達磨になって苦しんでいるのを見たら……。若旦那は西出丸の砦のなか。救《たす》けてやりたくても、救けようがないじゃないか。ねえ」

おなつは、さよがそのときの事情を承知していると思いこんでいるようだった。

おなつのその短い言葉から、情景が眼裏に視えた。

――そうだったのか……と、うなずく。

火矢を射かけられ、燃えあがった日新館から、小竹がまろび出てくる。着物に火がつき、髪も燃えあがり、炎の塊りとなって走り出てきたのだろう。

その凄まじい苦悶を見下ろしながら、儀一郎には、救助の手だてがない。一刻も早く楽にしてやる。それだけが、儀一郎にできることだった。

傍目には、儀一郎が狂乱して、味方の女に銃火を浴びせたと……そうとしか見えなかったのだ。たしかに、逆上してもいただろう。

周吾はもしかしたら、儀一郎の気持がわかったのではあるまいか。わかったからこそ、よけい、許せなかったのではないか。それほどまで小竹を愛していた儀一郎を。

さよは、そう想像した。

儀一郎は、母と同じように、少し、倖せだったのではないか。そうも思った。恋い狂えるのは、倖せの一つではあるまいか。

三日過ぎても周吾は帰って来ず、「あたしたちァ捨てられちまったようだね」おなつは言った。心細がっている様子はなかった。食べるもの、寝る場所には、一応、困らないのだ。

「いざとなったら、おまえさんの一人ぐらい、あたしが食べさせてやるよ」

おなつは、強気にそんなことを言う。色を売って稼ぐということなのだろう。おなつは過去を語ろうとはせず、さよも問いただす気はなかったが、売色はおなつにとって長年なじんだ生業《なりわい》であることは察しがついた。

周吾は、おそらく、仲間のもとに帰っていったのだ、と、さよは思う。猪苗代に謹慎中の藩士たちに会いに行ったのではあるまいか。もう、ここには戻らないかもしれない。あのひとは、やはり、骨の髄までお侍なのだろう。殿さまのために鷹を使いはしても、それを生業とするのは卑しいことに思えるのだ。

寒いね、と言って、おなつは、夜、さよを自分の床に招き入れ、背や胸を撫でさすってくれた。藁や籾を厚く敷き積んだ上にぼろ布を敷き、熱く焼いた石をしのばせた寝床は、「すてきに豪気だ」と、おなつを喜ばせていた。

「おまえ、餅肌だねえ。こんないい女を、旦那は、あたしみたいなあばずれに乗りかえて」と、おなつは笑い、「おまえ、男をよろこばす手管を知らないんだろ。可惜《あったら》もんだ。仕込んでやろうかねえ」などと、からかった。

「まあ、いいや。おまえは、鷹の女房。いいえ、おまえが鷹の亭主か。いっそ羨ましいくらいなものだ」

雉子、兎、鴨と、それぞれに狩の骨法が異なる。周吾から教えられたことや、写本で学んだこともあるが、さよが、実地に一人で工夫し、体得したことも多かった。

兎を狩るときは、前もって、鷹の爪は削らず、野爪のままにしておいた方がいい。兎の毛皮は弱いので、爪が肉にまで十分に喰いこまないと、皮が裂けただけで、兎は逃げる。また、邪魔物のない、広々としたところに追い出してかからせねばならぬ。鷹に爪をかけられた兎は、立木などがあれば、軀をすりつけて、鷹を払い落とすからである。

雉子は、翔びあがるときは、わりあいのろい。この機《とき》に、敏捷《びんしょう》に羽合わせする。そのとき失敗しても、執念深く追いたてると、怯えてすくむので、長追いも効果がある。

獲物は、若松あたりに持ちはこんで売りさばけば値がいいのだろうが、往復で丸一日つぶれるので、さよは、おなつと二人の食べ代《しろ》をのぞいた残りは、仁兵衛にわたすことにしていた。これで、暮らしに不自由はない。着物も、ぼろ刺子を仁兵衛のところからゆずり受ければ、十分まにあった。

吹雪く日は、蔵にこもり、『曙』の折れた羽を根元から切り、策で口中や翼を洗ってやり、羽づくろいに時を過す。おなつは、退屈しのぎに、江戸で見たという芝居の荒すじを、声色混りに語り、小唄端唄をくちずさんだ。江戸は、去年、東京《とうけい》と呼び名がかわっていた。

川はまだ薄氷の下にあるが、梢は雪を落とし、小さい芽ぶきをみせる。

母屋の焼け跡はとりかたづけられていたのだが、そこに普請がはじまった。深く掘り起こされた土中に土台石が据えられ、ひと抱えもある柱が立つ。

仁兵衛叔父は、ここに移ってくるつもりなのだな、蔵を明けわたせと言われるのも間近い、と、さよは思う。土台石の巨大さ、柱の頑丈さは、ここに腰を据える仁兵衛の意志の強さをあらわしているようだ。仁兵衛は民政局の役人に働きかけ、新肝煎として正式に任命されている。

蔵を出るとなったら、あたしは江戸に戻るよ、と、おなつは言い、東京というんだっけね、東京か、おかしな名前だ。おさよちゃん、いっしょに行く気はないかい。路銀は？　と、さよが訊くと、おなつはちょっと笑い、「若旦那のおかみさんにしてもらうというのも、悪くない夢だったねえ」と、陽射しを受ける庭を見わたした。

「若旦那が生きていたら、おさよちゃん、おまえも、ここを分家にとられちまうこともなかったろうにね」

「兄つぁが生きとっても、おれは兄つぁの寄り人にはなんねし」

「きついことを言うねえ」

こんな、めごい顔をしているくせに、と、おなつはききおぼえた土地の言葉を使った。

「男は、みんな死んじまったね。分家の旦那は別だけれどさ」

弥四郎も死んではいない、とさよは思った。百姓から町人、マタギ、修験者まで、若い男という男はかり出されたいくさに、一条谷の木地師が加わった話はきかない。

「長江の旦那は、せっかく生きのびたのに、どこに行っちまったのかね。身を立てる道があるのかねえ。男のすることはわからない。男に言わせれば、女のすることはわからないそうだけれど。おさよちゃん、おまえ、もう少し髪を何とかおしよ。せっかく髪の性《しょう》はいいのに、油っ気がぬけてばさばさじゃないか。梳《す》いてあげるから、まあ、ちょいとお坐りな。おまえ、お化粧《つくり》したら、吉原の大籬《おおまがき》でお職をはれる器量だよ」

おなつに髪を梳いてもらい、手のひびに油薬をすりこんでもらうのは、快かった。稚い子供にかえって、母か姉に甘えているような気分になれた。鷹との暮らしは、さよの心のありようを、単純にした。騒ぎ立ちたい血は、鷹の殺戮の一瞬に、十分に湧き立ち、堪能《たんのう》して鎮められる。一日の狩りくらに疲れた軀は、おなつにまかせきり、その世話にゆだねればいいのだった。さよは、次第に童女にかえってゆくようであった。雪の山野を走りまわる脚力だけは、なまじな男をしのぐほどに鍛えられたが。

仁兵衛の家に獲物の鴨をとどけに行ったさよは、土間に、思いがけなく弥四郎を見た。弥四郎は、剞りものをはこびこんできたところであった。仁兵衛が、おめいに積み上げられた白木の椀や盆を数え、帳面に記載している。

「おさよッ」と、弥四郎はすぐに認め、目もとにやさしい皺をつくった。

若松の長江家に嫁ぐ前に衣櫃を作ってはこんできてくれた、そのとき以来だから、五年ぶりの再会である。しかし、さよには、もっと以前、鷹の雛をとりに行ったときの弥四郎の方が、くっきりと思い出された。

仁兵衛からさよの事情はきいていたらしく、弥四郎は、驚いた顔はしなかったし、いろいろ問いただそうともしなかった。

「おさよｺは、赤子生《ややな》さねかったのだな」

そう、弥四郎は言った。

赤子？　忘れていたことを、ふいに突きつけられた気がした。嫁いだときは、数えで十五。半年後に妊ったのだが、流れた。周吾は落胆し、周吾の親類の者たちから咎めるような目をむけられた。名目上の母親であった笠井の妻女などからは、心がけが悪いと、きびしく叱責された。小竹は何も言わなかった……と、さよは、一瞬のあいだに、それらの思い出したくないことを思い出していた。その後もう一度流れたときは、去らせる話もでたらしい。周吾が承知しなかった。そのうち、いくさになり……。

「おらとこの女房《かか》は、これで三人生した」

「めごいべな」

「めごい」と、弥四郎は目もとの皺をいっそうやさしく深めた。

「おさよｺが赤子生《ややな》したれば、おれがまた、木ぼこさ作ってやんべと思っとったがなも」

「木ぼこはいらね。弥四郎、おれに小屋さ建ててくろ」

さよは言った。

「小屋ァ?」

「木地師は、泊り山に小《ち》っちぇえ片小屋さ建てっぺ。あだ小屋でええのっしょ」

木地師は、本来は土地に定住せず、樹林を求めて山中を移動する漂泊の民だったというが、会津の木地師は、とうに、山間に集落を作り、半農の生活をしている。樹木を伐採するときだけ、山深くわけ入り、泊り山に小屋を作る。一方に山腹を利用した片屋根の、間口二間、奥行き二間半ほどの小さい小屋であるが、豪雪に耐えるよう、工夫がなされている。伐採は、樹木が休息に入る晩秋から初冬がもっとも適している。山は、雪に埋もれる季節なのだ。

彼らは、まず、泊り山の場所を選択する。水利と水質がよく、しかも水害の恐れがない。地質が堅く、土砂くずれの被害がない。寒風、烈風の通路になっていない。東向きか東南向きの日当たりのよい傾斜地で、樹木が周囲に豊富にある。そういう場所を、適確に選びあてる。そうして、柱を据える穴を一尺五寸も掘り下げ、底石を入れる。棟木や渡し桁は皮付きの丸太で見た目は粗末だが、交叉するところに股木を利用し、降雪の重みに耐えられるようにする。そう、さよはきいている。

そういう小屋なら、鷹と、夏冬をとおして永住できる、と、さよは思う。

「ええべ」弥四郎はうけがった。

「おさよコ。おめ、鷹さ使ってると?」

「すったくれ（あばずれ）た女《おなご》だべし」と、横から仁兵衛が口をはさんだ。冷笑と、いささかの畏敬が、その口調には感じられた。

「山の神さんさ怒らせにねよう、気いつけろ」弥四郎は案じるように、「山の神さんは女だで、器量のええ女が山さ入ると、嫉妬《やきもち》やいてからに、悪さしるだと。おれたちも、泊り山には女は入れね。いまじぶんになっと、根雪がゆるんで雪崩がおきっから、あまり深え山さ行くな」

「おれは器量よしけヮ?」

さよはにっこりした。弥四郎の口からその言葉をきくのは、嬉しかった。

「山さ入るときは、顔さ煤《すす》ぬってゆけ」

弥四郎は言った。

山の女神に嫉妬があるなら、それは、思わぬ形であらわれた。

雪の溶けた田に、雁が群れ下りているのを、さよは遠目に見た。拳に据えた『曙』を袖をかざしてかくし、風下から、静かに進む。鷹をかくすのは、雁に気づかれぬためではない。鷹が逸《はや》って遠くからでもかかろうとするからである。

近づくにしたがい、雁は警戒しはじめ、広く散らばっていたものが、次第に一つところに集まってきた。

おびただしい数である。『曙』に招縄《おきなわ》を付けておいた方がよかったかと思ったが、いま、下手な動きをしては、雁がとびたってしまう。

絹糸を縒りあわせた三十五尋《ひろ》の招縄は、仕込みのとき鷹の足革に結び、遠くにそれないようひき戻すのに用いるのだが、鴨猟のときも使用する。鴨の群れに突入した鷹は、群れを追いまわし、据え上げようとしても命令に従わなくなることがあるからだ。雁のこのような大群に出会ったのは、さよは、はじめてだった。

黒い岩のように集合した雁の群れは、羽搏いて飛び立とうとする。その機をつかんで、さよは走りざま、鷹を放った。そのはずみに、さよは雪の吹き溜まりに落ちこんだ。腰のあたりまで嵌まりこみ、這いあがろうと手をつくと、手はずぼりと雪に沈む。

身動きのとれぬさよの目に、飛び立った雁におどりかかって羽を合わせる慓悍《ひょうかん》な

『曙』がうつった。

からみ合いながら舞い下り、『曙』は雁を雪の上に組み敷いた。そのまま、さよが据え上げるのを待つ。さよが仕込んだことであった。

さよの目の前に、無惨な殺戮がつづいた。

仲間が襲われたとみた雁の群れは、逃げようとはせず、いっせいに、一羽の鷹にむかって襲いかかってきたのである。

強い翼が、鷹を撲《う》った。その一撃は、『曙』の戦闘力を奪った。風雨を衝いて北海をわたりきる雁の翼の強靭さを、吹きだまりに腰まで埋まり、身動きもならぬさよは、みせつけられた。

人間ならば、寄ってたかってなぐり殺す、という情景であった。

雁の群れが羽音をたてて飛び去った後に、『曙』の骸が残った。

川の名を、『闇川』という。しかし、一条の木地師たちは、『姫川』と呼んでいるそうだ。四里あまり川上に溯《さかのぼ》った、渓谷のどんづまり、懸崖に守られた隠れ里だという一条への道すじを、さよは、弥四郎に再会したとき、おそわってあった。その道を、いま、たどっている。手に提げた籐籠に『曙』の骸が重く横たわっている。

木地師の集落は、一条ばかりではない。全国の山中に、ほとんど無数に散在しているという。かつては、集落のあいだに、緊密に連絡がとれていたそうだ。戦国の昔、敗れた武将が敵に追われ、木地師に救けを求め一身を托したところ、集落から集落へと、風のような速さではこび去り、安全な遠国へ落としてやったというような話が、里のもののあいだにまでつたわっている。

春雪はかんじきに粘りつく。雪の上に、兎の足跡をさよは見たが、目をそらせた。

さよは、枯れ枝を探し集め、用意してきたダケカンバの皮をこんもりとのせ、火をつけた。燃えあがった炎に、腰の革袋から小さい煙硝玉を出して、落とした。弥四郎がくれた、狼の糞を混ぜたものである。炸裂音とともに、煙がたちのぼった。その傍で、さよは待った。やがて、男が近づいてきた。

「一条の衆け」

「んだ」

弥四郎に会いたいと、さよは言った。

案内されたのは、小さい森のような防風雪林のかげの、陽光が溜まりこんだ、ひっそりした集落であった。

まだ水は薄氷がはる寒さなのに、土間では襦袢一枚で肌ぬぎになった女が、輪切りにした木材を両足ではさんで廻しながら、手斧《ちような》で内側を荒削りしていた。そばにおかれたいじこの中で、赤ん坊が指をしゃぶっている。五つぐらいの女の子が、赤ん坊をあやしていた。

弥四郎は、土間につづく部屋で、二人挽きの轆轤《ろくろ》をひいていた。轆轤の胴に巻きつけた綱を引くのは十二、三の少年で、弥四郎とよく似た顔立ちをしている。弥四郎は胴の先端の爪にとりつけた荒木取りした木材に『鉋《かんな》』をあてて中刳りしているのだった。鉋は、鉄棒の先に刃をつけたものである。綱の両端を少年が交互にひくたびに、轆轤は、くっくく、くっくく、と音をたてて廻り、木端《こつぱ》がとび散る。汗みずくの少年の額には木屑がはりついていた。鉋の先端をあてる弥四郎は、うかつに声をかけられぬほど、ひたすら、刃先をみつめている。弥四郎は、少年のように力まかせに軀を動かしてはいないのだが、額に汗の粒が滲み、精神の燃焼の烈しさを思わせる。

轆轤部屋には、神棚が祀ってあった。

荒木取りをしている女が顔をあげ、さよに問いかける目をむけた。

小屋はいらなくなった、と、さよは弥四郎に言った。哭《な》かぬためには、むりに笑顔をつくるほかはなかった。

「また嫁にいく話でも決まったのけ。まず、あがれい」

土間に立ってきた弥四郎は、手拭いで額の汗をぬぐった。

「おめさんが、肝煎どん家《え》のおさよさんけ。あがれい」

と、弥四郎の妻も肌をいれながらすすめる。

「小屋はいらねけんじょ……、弥四郎、一つ頼まれてけねべか」

「衣櫃け?」

「そでねえ」

さよは息をととのえ、ずっと以前、鷹の雛を捕りにいっしょにいった、あの場所に連れていってほしいのだ、と言った。気をゆるめれば烈しい慟哭《どうこく》が噴き上がりそうなので、口調はきつくなった。

「ここからだら、一里もね」

弥四郎は、気やすく承知し、脚に脛巾《はばき》を巻きつけはじめた。

「鍬一つ貸してくろ」さよは言った。

「鍬？」

生家の庭に埋めたのでは、あとで、叔父にどのように扱われるかわからない。そうかといって、祖母や父、兄たちの墓所にいっしょに葬るのも気がすすまなかった。鷹は、横山の家とも、誰ともかかわりのない、さよの魂の一部であった。だれにも妨げられず、荒らされず、ただ、しずかに翼をやすめられる場所。

「おれの翼だで……」

そう言ったとき、薄く泪が滲んだ。

「おれの翼を埋めてほしいのしょ」

眠りを断ち切ったのは、さよ自身のあげた叫びであった。夢のなかみは醒《さ》めたとたんに忘れたが、肌が粟立つような恐怖感だけは、尾をひいて残った。

「またかい」

眠そうなおなつの声が耳もとにきこえた。

閉じた瞼の裏に、焼死した祖母、庄八に射殺された父、周吾に斬殺された儀一郎、だれともわからぬものに吊るされて死んだ捨松、が顕《た》った。祖母と捨松の骸は、目にしていないにもかかわらず、まざまざと苦悶の顔が視えた。瞼を開いても、闇のなかに、それらの姿は消えなかった。

鷹の仕込みに没頭しているあいだ、それらの死と切実にむきあわずにすんできた。死の一つ一つに、いやしがたい傷が口を開けたのだが、鷹は媚薬のように、現実の激痛を忘れさせていたのだと、さよは、悲しみなどという言葉では言いあらわしきれぬ苦痛に呻きながら思う。

弥四郎に伴なわれた、かつて空色の眸の雛をみつけた場所は、コメツガの根方も、見下ろす深い谷も、雪におおわれていた。紅葉が燃えたっていたあの場所と同一とは思えぬほど、印象は違っていた。あのときさよを捉えた感覚も、そのかすかな手応えを予感させながら、よみがえってはこなかった。

しかし、無辺際の空、青白く輝く雪の谷間は、さよをのびやかにさせた。籐の籠から『曙』を抱き上げ、それがぐったりと頭を垂れ無気味に冷たいのが、空に放ったところで、礫《つぶて》となって墜ちるばかりなのが、何か理不尽に思えた。

弥四郎は、コメツガの根方の雪を掘り、更にその下の土を掘った。土は固く凍てつき、鍬をはじきかえした。鷹の巣は、すでになかった。子を盗られたとき、親鳥は巣を捨てたのかもしれない。弥四郎が掘った穴に『曙』を横たえ、青い眸の雛も、いま、ここに葬る、と思った。雛が成長した『雪白』は、土蔵で焼け死んだのに、なぜか、さよは、あの雛と『雪白』が一つにつながらないのだった。『雪白』は、凡庸な鳥だった。それはそれで、いとおしいけれど、青い眸の雛から受けた感動と同質のものを、その成鳥である『雪白』に感じたことはなかった。『雪白』は、あまりに野性を削りとられていた。幼鳥のときから飼いならされれば、野性を失なうのは当然だ。野獣の牙を抜いておいて、牙の無いのを咎めているようなものだ。しかも、その『雪白』を、無惨に焼死させ、いままた、『曙』を殺したのは、わたしだ。

そう思いながら、さよは、殺されたのは、わたし自身、というふうに感じないではいられない。『曙』こそは、あの雛の後身だ。

『曙』を地の下に鎮めて以来、さよは、昼は呆けたようにうずくまり、夜は夢にうなされて過す。眠りのなかで悲鳴をあげ、おなつに揺り起こされる。

呆けた状態から、さよをやがて強引にひき戻したのは、仁兵衛である。

『曙』の死から、二十日近く経っていた。仁兵衛は、さよを自宅に呼び、きまじめな顔で、そろそろ蔵を明けわたしてもらわねばならぬと言い、

「ついては、おめに貸してある分だがな、ここで、きかっと勘定してもらわねばなんねべした」

と、帳面をひらいてみせた。米、麦、雑穀、味噌、塩、干菜、ぼろ刺子から蓑、つまご草鞋、背負い子、鍋、椀、と、さよたちが使ったものは、仁兵衛からさよが買いとったものとして克明に記載され、その代金がさよの借金になっていた。

米は十一月から一月までは、さよ、周吾、おなつの三人分、二月、三月は周吾がいなくなったので二人分。一人一日五合として勘定され、およそ二石。今の米相場は一石六百匁ほど。つまり十両。二石で二十両。ほかのものの費用《かかり》もすべてかねに換算され

て、さよの借金の総額は、二十七両三分となっていた。

蔵を出る前に返済して行けと言われ、さよは当惑した。貸すのだぞと念を押されてはいたけれど、叔父と姪の間柄である。さよには甘えがあった。以前はこちらが本家の娘、相手は分家と、叔父を軽く見る驕《おご》りも、さよの気持には残っていた。時折わたす禽獣で、借りのいくぶんかは返している。この後も、狩りの獲物で返していけばすむことだと、気楽に考えていたのだった。もっとも、『曙』の死によって、その計算はくずれたのだが、さしあたって、ほかにどういうてだてで生活《たつき》をたてるか考えるゆとりもないほど、『曙』の死はさよを打ちのめしていた。

兎だり鴨だり呉《け》てやったべし、と、ようやく言うと、あれは、蔵に住ませてやっている礼によこしたのだろうが、と、仁兵衛は、呆れたように言った。仁兵衛は自分が非情だという意識は少しもなく、当然なことを言っていると思っているふうであり、さよも、叔父の言うことは理が通っているのだろうと思え、とほうにくれた。

「いますぐといわれても、おれも、なじょにも埒《らつち》ゃあかねえ。待ってけねべか」

「したって、勘定はきかっとしてもらわねと、おら方《ほう》も困るべ。二十七両三分つゥたら、おらどこにしても大金だで。おめも、返《けえ》すあてずっぽなしに、おらどこの米だり味噌だり、使っとったわけではあんめした」

「まちっと待ってくんつぇ」

「待てば、返せっか」

さよは言葉につまった。

「一月二月《ひとつきふたつき》待ったところで、返せねべ。おら方も、そうそうは待てね」

仁兵衛は、口調はおだやかだが、きっぱりと言い、

「仕方《しつしよ》ねえ。おらどこで、下女《うば》においてやるべさ」

さよは、あ、と胸を衝《つ》かれた。下女《うば》においてやる。叔父は、この一言が言いたかったのではあるまいか。次男に生まれたばかりに、分家として、本家の者に一段低く見られ、事あるごとに本家のために奉仕させられてきた。その口惜しさを、叔父は長年、心のうちに溜めこんできていたのだ。自分の生家に放火する一団に加わった捨松が、仁兵衛叔父に重なった。

本家の旦那も息子たちも死んだ。娘は他家に出たものである。本家を叔父がのっとったといっては誤りなのだろう。叔父は、正統の後継者なのだ。本家の娘を、いまや、下女にすることさえできるのだ……。

一揆を、叔父がかげであやつったのではないか。そんな疑いが、ちらりと兆した。恐ろしいことだが、捨松の死も……。叔父にしてみれば、せっかく、父と儀一郎兄が死んだ、これで捨松も死ねばと、思わなかっただろうか。さよは、その疑いを捨てようとした。叔父の表情は、いかにも真摯《しんし》に、さよの身のふりかたを案じ、さよのためによいことを思いついたと満足しているふうであった。

「んだ。そうすれば、おめも、飯の心配も寝るどこの心配もいらねぐなっぺした」

「一生奉公け」

「二十七両三分となっては、まず、一生だべな」

仁兵衛は、寛大な笑顔でうなずいた。

「二十七両三分で一生奉公か」

おなつは、指をくって勘定し、

「しかし、おさよちゃん、その二十七両三分には、長江の旦那やわたしの食い扶持も入っているんだろ」

「そだ」

「わたしにおまかせな。おまえの年季を、十年にちぢめてやろうじゃないか」

「十年に？」

「しかも、下女奉公なんかじゃあない、もっとたのしいおつとめの十年さ」

おなつの言葉の意味が、さよにはわからなかった。

「いいから、わたしにまかせな。悪いようにはしない。これから、仁兵衛のところに談合に行ってくる」

意気込んで出て行くおなつに、さよもついて行った。どういう談合をするつもりなのか、合点がいかなかった。

おなつは、仁兵衛の家のおめいにあがりこむと、小判だの二分銀だのとり混ぜて、八両、仁兵衛の前に並べた。こんな大金をどこにかくしていたのかと、仁兵衛はあっけにとられ、さよも薄気味悪くなった。放火された土蔵から助け出されたとき、おなつは失神しており、かねを肌身につけていたのなら、介抱した者たちが気づかぬはずはなかった。土蔵にかくれる前に、どこかに埋めておき、あとで取り出したのだろう。

「いかがでござんしょう。そりゃあ、旦那の勘定は二十七両三分。ちと帳尻があわないと思いなさるかもしれないが、長江の旦那の食い扶持まで、おさよさんからもぎとろうというのは、酷うござんしょ。旦那はそんな阿漕《あこぎ》なお人じゃあないと、わたしは見ていますのさ。長江の旦那の分は、十両とみつもりましょうよ。これは、いずれ、草の根わけてもあのお人を探し出し、とりたてることになさいまし。残りは十七両三分。ところで、旦那、旦那は今日までに、何度わたしを」

と言いかけたおなつを、仁兵衛はうろたえて手で制した。仁兵衛の女房は、この場にいなかったのだが。

「わたしの食い扶持は、とうに、軀でお返ししましたよ。おつりがくるくらいのもんだ。それで、おさよちゃんの借金は、まず、かたく見つもって八両。どうでござんす、この勘定は」

「おめさんが、おさよの借金さ肩代りしる気か」

「ひとまずね。それにしても、いくら、いくさで物の値が上がったからといって、たかだか四月《よつき》や五月《いつつき》の食い扶持に、ずいぶんふっかけたものだねえ。強突親爺《ごうつく》。米一石六百匁は、見世の小売りの値《あた》いだろうに。さて、これから先は、おさよちゃんとわたしの談合。おまえさんは口を出さないでおくれよ」

このあたりでは聞きなれぬ伝法な啖呵《たんか》を投げつけ、おなつは、さよを伴なって土蔵に引返した。

「さて、おさよちゃん、八両という大金を、わたしだって、ただ投げ出したわけじゃないんだよ。さっきもいったとおり、一生奉公のかわりに、十年の年季で返してもらおうという寸法さ。いいね」

「どこさ、奉公しるだべか」

「江戸には……東京か……、女がその気になりゃあ、うまいものを食べて、やわらかい絹物《おかいこ》のべべを着て、男と遊んでかねになるところがあるんだよ」

「吉原け？」

「あれ、おまえ、知っているのかい」

夫の父が鷹御用で江戸に行ったとき求めたという数冊の絵草紙から、さよは『吉原』という名を学び知った。絵草紙に描かれた吉原は、華やかで、男と女の情が纏綿《てんめん》としていた。しかし、それは、実在するとは思われぬほど、さよには無縁の場所であった。

「おまえ、いくつだっけね」

「今年、二十……」

「あれ、思ったより薹《とう》がたっているんだね。二十じゃ、ちょいと売りにくい。まあ、おまえなら、十八でとおる。十八におなり。年季明けは二十七と決まっている。ちょうど十年さ。年季明けまで待たなくとも、いい旦那に身請けされたら、栄耀栄華は思いのまま、女ばかりが乗れる玉の輿さ。あたしも、実のところ、吉原でつとめあげたのさ。年季が明けて、いまは自前で旅を稼いでいるというわけさ。男といい思いをしてかねになるんだから、こんな楽な商売はない」

まくしたてるおなつの言葉の、半分も、さよにはわからなかったが、妙に虚勢をはったような物言いに、何かうさんくさいものは感じた。しかし、絵草紙でさよが知った吉原は、男と女がやさしい情をかわすところ、共に死んで悔いないほど、烈しく愛しあうところ、であった。男に惚れて殺された母、愛した女を殺し、そのために殺された兄、を、さよは思った。さよの未だ知らぬ、そうして、唯一つ知りたいと思う烈しい感情であった。そうまで愛せるものなのか。

「いいね」と、おなつは念を押し、「おまえ、その荒れた肌を、まず、何とかしなくてはね」と、さよの顔を眺めた。もともと、雪国の女に多い肌目《きめ》のこまかい餅肌なのだが、連日、冬の烈風にさらされ、山歩きで過したのだ、荒れるにまかせていた。おなつは、仁兵衛に言って、マタギから熊の油を手に入れさせた。熊の油と柚子汁、蕪《かぶ》を焼いて酒に浸したものをさよの顔と手の甲にすりこみながら、江戸への道中のあいだも、毎晩、こうやって手入れして寝るのだよ、江戸に着いたら、蘭奢水《らんじゃすい》や花の露で磨きあげてやるよ、と、たのしげであった。さよは、虚《うろ》をかかえた樹のように思える軀を、おなつの手にまかせた。

V

「何をしておるのだ」

蒲団に腹這いになった客が訊いた。枕辺に片膝を立てたさよは、手にした蠟燭から目をあげた。

「いえ」

黄ばんだ蠟肌に御所車と牡丹を描いた太い絵蠟燭は、まだ一度も火を灯《とも》したことがない。

屏風の向うから、男の荒い息と女の嬌声がきこえる。女はせつなげな声をあげるが、ふりをつけているだけだ。

十二畳の部屋を屏風で仕切った割り床で、客がたてこめば七組でも八組でも押しこむが、いまは、さよと客のほかに、二組しかおらず、それだけに屏風越しの嬌声はひびきわたる。

「早くこい」

せきたてる客の口調に、奥羽の訛りを、さよの耳はききわけた。

初会の客だが、「小夜衣《さよぎぬ》」と、さよの源氏名を名ざしで、敵娼《あいかた》に希望したのだそうだ。

四十を少し出たくらいの、何か陰僻な男である。

絵蠟燭を灯そうか……いいえ……。さよは、ためらう。

そのとき、障子がそっと開き、遣手《やりて》が顔をのぞかせた。

「あれまあ、おたのしみのところをお邪魔さまですねえ」

言いながら、遠慮なく蒲団の傍ににじり寄り、

「旦那、罪ですねえ、小夜衣さんときたら、旦那に初会惚れでね、泣かさないでやってくんなはいよ。ところで、小夜衣さん、あのさ、竹の字がさ、いけすかない野暮ったらない、もう、うるさくて、あたしらの手には負えなくてさ、ちょいといってやっておくんなはいよ。ちょいちょいでかたづけておいでな。この旦那は、あたしがしっかりおあずかりして、蚤にも喰わすこっちゃないからさ。旦那、ごめんなさいよ、まあ、様子の

いい旦那だねえ。小夜衣さんが惚れたもむりはない。ねえ、旦那。旦那も果報ってものでござんすよ。この小夜衣さんが初会でお床入りなんざ、あるこっちゃないんですから。小夜衣さん、ほれ、早く帰っといでなはいよ」

たてつづけに喋りながら、早く行けと、手はさよを追いたてる。

さよは、緋縮緬の長襦袢の衿をあわせ、絵蠟燭は懐におさめた。枕紙をくわえて廊下に出、素足に厚い上草履をつっかけて次の部屋に廻ろうとすると、うしろから遣手が追ってきて、

「ありゃあ、ろくに遊びも知らない野暮天で、懐はからっけつだよ。竹の字の方を、ぬかりなくおやりよ。今夜は竹の字のところに碇《いかり》をお下ろし。あの野暮天は、夜っぴて枕の番をさせておけばいいさ」

口迅《くちど》に指図し、またいそがしげに走り戻る。

冷たい廊下を行くさよの耳に、三味線や太鼓の音とともに、にぎやかな騒ぎ唄がかすかにきこえる。送りましょかよ、送られましょか。せめてあの丁《ちょ》の角までも。さァ、浮いた浮いた。隣りの妓楼で、富裕な客が芸者をあげて陽気に遊んでいるのだろう。隣りは、揚げ代も高い座敷持ちの花魁《おいらん》をそろえた半籬《はんまがき》(中店)である。さよのつとめる立

花楼は、安女郎ばかりの小見世で、女郎は自分の部屋は与えられず、二十畳の『寄場《よせば》』に雑居している。客をあげる部屋も、大籬や半籬なら名代部屋《みようだい》に使うような、六畳ほどの小部屋がいくつかと、あとは、広間を屏風で仕切る割り床である。初会で床入りなどあることではないと、遣手は客にもったいぶったけれど、それは見識ばった大籬、半籬の話、立花楼のような小見世で、裏を返してくれなければ寝ませぬなどと言っていたら、客が寄りつかなくなる。客を呼び込むのは牛の腕《ぎゆう》といっても、小見世では、見世張りの女郎も格子の間から長煙管をつき出し、通行の客の袖口にひっかけて、ぐりぐり巻きつけ、揚がるというまで離さない、そのわざを、さよも仕込まれた。ありいす、ざます、の独得な廓言葉も、小見世では用いない。あちらこちらのお国言葉を、どうにか東京言葉にかえて口にするが、語調にそれぞれの国訛りが残る。さよも、〝してくんつぇ〟を〝してくださいな〟と言いかえてはいるものの、廓づとめがあしかけ七年になるというのに、他人の耳には、いまだに〝してくらせァ〟ときこえるらしい。

長火鉢や箪笥を置き、一応本部屋らしくしつらえてあるけれど主のさだまらぬ寒々しさがただよう小部屋に、なじみ客は床のなかで待ちくたびれていた。小体《こてい》な油屋の主《あるじ》ということだ。

客の手に軀をゆだねきり、客が満足するのを、ただ、待つ。床あしらいに精を出さず、口も重い、人形身のようなさよの、どこが男たちの気にいるのか、景気の悪い廓で、客がつかない夜は少なかった。

『曙』を殺して以来、心の動きが鈍く硬くなった。それを、小見世には珍しい見識の高さと思いちがいでもするのだろうか、それとも、客の愚痴話にいやな顔をしないからか――ただ聞き流しているだけなのだけれど……。どうでもいいこと、と、さよは思い捨てる。

この、六年半ほどのあいだに、世のなかも廓も、大きく揺れ動いた。廓の大きな騒ぎは、さよがつとめるようになって三年めの、明治五年十月に発布された『芸娼妓解放令』がひきおこしたものである。廓がつぶれるかと思われるほどだったが、翌年には、再び公娼が認められた。妓楼は貸座敷という名目で娼妓に部屋を貸し、その代金をとる。前借金などで娼妓を拘束しないという建前なのだが、実態は以前といっこう変らず、むしろ、これまで表面を飾っていた遊びの綺羅《きら》がはぎとられ、売色の殺風景な悲惨ばかりがむき出しになってきた。

さよは、鏡のように、それらの騒ぎを眼に映しながら、ほとんど感情は動かない。解放令が出たときも、郷里に帰る気にはならず妓楼に居残った。主人はよろこんだが、何も忠義だてから居残ったわけではなかった。新しく生活《たつき》をたてる心のはりも気力も持てなかっただけのことである。ただ一つ自分の意志でしたことといえば、床花《とこばな》で会津産の絵蠟燭を一本買い求めたことぐらいなものであった。屑蠟を削り溜めた幼いころの夢をいとおしんでいた。

欲望を吐き出した男のわきから抜け出して、下湯場《しもゆば》に行き、洗い流す。腰から下は、かねを稼ぐ道具、という遣手の教えは、ここで生きてゆくのに都合がいい。己が軀といとおしむ気持がおきたら、屈辱に耐えきれなくなる。

道具でも、疲労の感覚はある。さよは吐息をつき、しばらくかがみこんでいた。

そっと割り床に戻った。行灯に油をつぎ足しにまわる不寝番《ねずのばん》とすれちがう。奥羽訛りの客は、さよが傍にもぐりこむと、薄く目をあけた。屏風の向うはしずかだった。

「さんざん聞かされた」

と苦笑の混った声で言い、男はさよの長襦袢の前をかきひろげ、ただ荒々しく事を終えた。

「芯の冷たい軀だの」

しばらくして、男はそう言った。

「会津の出だそうだが」

だれにきいたのかと、さよは問い返しもしない。しかし、胸苦しさがじんわりとふくれはじめた。おまえさまのおくには、とたずねれば、話のいと口がほぐれるのだろうが、なつかしさは、思い出したくない辛さと綯《な》い混ぜになっている。

「百姓か」

「女郎でございあす」

国の訛りが自然に出た。男はふいにさよの頭を抱き、胸に押しつけ、ふたたび烈しく責めたてた。そのほかに激情をしずめるすべがないもののようであった。

躯を投げ出すと、男は、何か語れと言った。

「何でもよい。会津の言葉で語れ」

「おみさまは、若松のお城の衆でございあしたか」

「わしのことは、よい」

男はさえぎった。

「そんじぇぇ、玄如節《げんじょぶし》でも唄いましょうか」

さよは、なだめるようにやさしい声になり、

玄如見たさに朝水汲めば、姿かくしの霧がふる、

と、くちずさんだ。

昔、東山の天寧寺に玄如という美貌の若い僧がいて、毎朝閼《あ》伽《か》水《みず》を汲みに出てくるのを、村の娘たちが恋い慕ったという言いつたえが、唄になって残っている。さよは、幼いころ、この唄を母からききおぼえた。

ま一度唄え、と男は言い、いや、唄うな、と言って、さよの胸に頭を埋めた。

玄如見たさに……と、さよはほとんど声には出さずにくりかえし、若い僧に焦がれる娘と亡母が重なった。それほどにせつない恋を、わたしはついに知らない、と思った。

十日ほどして、男はまた訪れてきた。深間になるんじゃないよと遣手はかげで釘をさしたが、さよは男を空いた小部屋に通させた。廻しを三人とった後で、小部屋に落ちついた。男に抱きしめられても、軀は少しも騒がないのだが、やさしい感情は湧いた。

男はなじみを重ね、訪れる間隔が短くなった。言葉のはしから、かつては会津の独礼格の藩士で、籠城軍に加わっていたらしいことが察しられた。城明け渡しの後、籠城の

士は猪苗代に謹慎し、それから信州松代に永代預けになるはずであったが、途中変更になり、東京に護送された。その後、会津藩は津軽の果てに国替えとなり、斗南《となみ》藩となった。しかし、与えられた土地は手のつけようのない荒蕪地《こうぶち》で、そこを開墾して暮らす旧藩士の辛苦は悲惨をきわめているという話を、さよは薄々は耳にしていた。廃藩置県で、斗南藩は斗南県と名称を変え、それからほどなく青森県に合併されたという。

この男は、東京から斗南に移住させられるとき、脱走したらしい。いまは、はっきり明かさないが巡査の職についているらしいふしがある。そうであれば、最下等の四等巡査だろう。武士という身分がなくなってしまっても、商人も百姓もやくざも身につかず、法度《はっと》と身分差で縛られながらいくぶんの権力も持つ巡査職が、一番なじみやすいのかもしれないけれど、四等巡査といえば、月俸はたしか四円、いくら揚げ代の安い小見世でも、そうそうは通いきれまいに、公金の使いこみでもしているのだろうかと思い、さよは、また、他人のことだと思い捨てる。

長江周吾の消息をたずねてみようかと思いはした。しかし、口にすることは、過去をよみがえらせることである。いま、自分が生きている。その余のことは、知らない。

男の訪れは、重苦しいものをさよの胸に溜まらせた。

ある夜、酔ってあらわれた男は、まことにも関所結びの神ならば、女獅子男獅子をあわせ給えや、と会津名物の彼岸獅子の唄を低くくちずさみ、久々に、にぎやかな獅子舞いが、さよの眼裏に顕《た》った。

ここでなら、深い穴に語りかけるように、何でも安心して口にできるのだろう。かかえきれない重さが、ふとこぼれ落ちるのだろう。男の心からこぼれるものは、さよの身内に溜まる。

この男も、殺された兄たちも、兄を殺した周吾も、みな、哀れだ。酷っしゃいの。無意識に、つぶやいている。兄を、哀れと思い出しても、さよは、祖母の死を同時に思い浮かべようとはしない。それはあまりに苦しく、心の奥底にしずめている。

長火鉢に火を熾《おこ》すようになった十月、さよは、もう一人の男と出会った。

「ちょいと、書生さん、寄っておいきよ」

けたたましく呼びたてながら、仲間の女郎が格子のすきまから長煙管をのばし、見世の前に立った若い男の筒袖の口にからめ引き寄せようとするのを、さよは鏡のように目に映している。

たぐり寄せられるより先に自分から近づいてきた男は、珍しそうに格子の中をのぞいた。さよと眼が合った。そのとき、さよは、そくそくと鳥肌がたつような気がした。

十九か、二十か。濃い一直線の眉の下の、間隔のせまい、眼尻の上がった熱っぽい勁《つよ》い眼が、さよを捉えた。口もとにまだ少年のやわらかさをとどめている。

みなりは貧しかった。袷の衿はすりきれ、小倉の袴もよれよれである。貧しいみなりは、彼をみすぼらしくみせはせず、かえって、鋭い美しさをきわだたせていると、さよは感じた。

連れがいた。これも書生っぽの風態である。肩をたたき、一まわりしてから決めようと連れはうながす。

立ちどまった男たちを、牛《ぎゆう》が見のがすことではない。

「いくらお歩きんなったって同じでござんすよ。風邪をひくのが関の山。ここらで碇《いかり》を下ろしなさいやし。ごらんのとおり上玉揃いで。おぼしめしの妓は？　おや、小夜衣さんに玉竜さん。お若いのにお目が高いねえ。二人ともうちの売れっ妓で、いま時分見世に出ているなんざ、珍しいんですよ」

まくしたてて、

「はい、お初会さんお二人、おあがんなはるよう」

と、ひきずりこむ。

さよが割り部屋に行くと、廊下で遣手《やりて》が、顔をしかめ首を振ってみせた。懐の寒い客だと示している。

「土佐っぽだってよ。野暮っちゃない。すぐに、ほかの客をつけてやるからね」

若い男は、性急にさよを抱きこもうとした。さよは、はじめて、軀の芯にうずきを感じた。

年若い客をとるのはこれがはじめてというわけではない。

さよの軀と心をひらかせたのは、男の〝若さ〟ばかりではなかった。これまでにさよが知った男がだれ一人持っていなかった毅《たけ》く鋭く、しかも翳《かげ》のない眸《め》。わずかに、小竹にその片鱗を感じた、何かひたむきに純粋なもの。小竹たち会津の者には決してなかった野放図な明るさ。加えて世の汚濁《おじよく》を十分には知らぬ少年らしい邪気の無さ——あつかましいまでの。

「待ってください」

さよは絵蠟燭に行灯の火をうつし、燭台に立てた。それから、長襦袢もぬぎ、素肌を男の胸にあずけた。女郎が素肌で客に接するのはよくよくのこと、と、わけ知りの客なら歓喜するところだが、この若い男は、いっこう、そんな心得はないようで、ただがむしゃらに、精悍な皮膚に包まれた胸にさよを抱き寄せた。

——この男は、土佐者なのだ……。

皮肉なことだ。

男は性戯に巧みではなかった。客のなかには遊びなれた者がいくらもいるけれど、腰から下は商売の道具と、何の感情もなく、時が経つのを待つだけであったのに、若い男の武骨なひたすらな攻めに、さよの軀は、応えはじめた。

遣手が呼びに来たとき、男はまだ、のぼりつめてはいなかった。

長襦袢を肩にかけ廊下に出ると、遣手は厳しい目をむけ、「ばかだね」と吐き捨てて、会津の男と『竹の字』、二人のなじみが待っていると告げた。

「名代を廻してもらえませんか」

「かってを言うんじゃないよ」

心がやわらかくなるのは辛い、とさよは思った。人形身であれば、一夜に三人五人と廻しをとって床をつけても、心の痛みにはならないのだけれど。

「名代を出して竹の字に見立て替えされたらどうするね。そろそろ身請けの話も出るころだろうに」

今夜だけ、とさよは言い、寄場に行き、客から渡された馴染金を溜めてあるなかから少しとってきて、遣手の皺ばんだ手に握らせた。

その後、裸身を若い男にまかせきった。

翌朝、さよは空いている一人部屋を探した。長火鉢に火をおこし、銅壺《どうこ》で湯を沸かした。

寝足りた顔の男が顔を洗うのを手伝い、長火鉢の前に案内した。台のものの残りの海苔巻を火鉢の火で焙《あぶ》ってぱりっとさせ、茶碗に入れて醬油をひとたらし、熱い茶をかけて、土瓶をひく手といれちがいに、ぽんと茶碗に蓋をする。間夫《まぶ》を持った女たちが、こうやってもてなすのをいつか見おぼえていた。蓋をとると、海苔巻はぐあいよくほぐれ、海苔のかおりがたつ。箸を添えてわたすと、男は嬉しそうな笑顔になった。

「毎日、麵麭《パン》と砂糖湯ばかりだ。久しぶりで茶漬けにありつけた」

一息にかっこんでから、そう言った。

「吉原の女郎屋は、朝飯まで食べさせてくれるのか」

「だれにでもというわけではありませんよ。麵麭なんて、ずいぶんしゃれたものをめしあがるんですね」

「飯を炊くのがわずらわしいのだ。毎日、麵麭を一斤半もとめ、朝昼晩と半斤ずつ、それに砂糖湯ですませちょる」

「おひとりなんですか」

「そうだ。単身孤影、地図を掌中に思いのままに遠近を逍遥し、智を研《みが》き心を養うべくつとめちょる」

「むずかしいことをおっしゃいます」

「むずかしいか」

「はい」

「これなら、わかるじゃろう」と、若い男は、「一つとせ、人の上には人はなき、権利にかわりがないからは、この人じゃもの」と歌った。

「かぞえうたですか。はじめてききました」

「そうじゃろう。わしが、いまはじめて、作った」

二つとせ、と男はつづけた。

「二つとはない我が命、捨てても自由がないからは、この惜しみゃせぬ」

その先は、まだできちょらんきに、と言って、男は笑った。

男を送り出してから、さよは、三寸ほどになった絵蠟燭を眺めた。蠟涙が燭台に冷えかたまっていた。

「軀はもうよいのか」

会津の男は訊く。十日ほど前、十月二十三日、と、土佐の若い男があがった日付を、さよははっきりおぼえている、その日、風邪でやすんでいるからという口実で、会津の男には名代をたてた。男はその口実をすなおに真に受けて案じている。廓のしきたりを守って、名代には手を触れなかった、と、男は律義に言いそえた。

「ま一度、玄如節を唄ってもらおうか」

下湯場で男の痕を洗い流してきたさよに、男はそう言う。今夜はもう、廻しはないのだろう、朝までここに碇を下ろしておってよいのだろう、と、廓のやりようになじんできて、わかったようなことも口にする。

さよが、玄如見たさに、と唄うと、男の瞼が少し濡れた。

「あまり通って来なさると、お手もとがつまりましょう」

「毎夜でも、こうしておれればの」

「影村さまと……いいなさるんですね」

遣手に名をきかれ、男は、そう名乗ったという。偽名、変名だろう。直感的にさよは思った。そうして、影という言葉から、反対の言葉が思い浮かんだ。日向……。日向という一族は、会津藩では名がとおっていた。

年かっこうから、日向内記では……という気がした。落城の際に、卑怯なふるまいがあったという話が、さよが鷹を使っているころ、ひろまりはじめていた名前である。

日向内記は、白虎士中二番隊の隊長だった。十六橋が破られたとき、白虎二番隊は日向内記に率いられ、戸ノ口原に出陣した。ところが、十六、七の少年ばかりで結成された白虎隊士は、全員飯盛山上で自決したにもかかわらず、日向内記は城に入り、西出丸の指揮をとっている。

部下を見捨てて逃げ帰ったのだと、落城後とり沙汰された。少年隊士のなかでただ一人生存した者の口から、隊長は食糧の調達のため隊を離れたという事情が告げられたが、それでも、逃亡の汚名は消えていない。そうして、もしこの影村と名乗る男が日向内記であれば、籠城中、西出丸から日新館に火矢を射かけよと命令した指揮者でもあるわけだ。落城後、日がたつうちに、叔父などの口からさよの耳にまで入るほど、その話は在郷にもひろまっていた。

たしかめたところで、無惨な傷口を見るだけ……。さよは、「姿かくしの霧がふる」と恋の歌をくちずさんだ。

「こなだの軀が、今日はぬくかった」

男は、そう言った。

土佐出身の若い男が再び登楼したのは、その翌日、十一月三日であった。懐は分厚い書物でふくらんでいた。財布でふくらんでいるのなら、遣手が歓待したことだろうが。

「今日は天長節だ。日比谷の練兵場で、天子の姿を望見してきた」

昂奮した口調で男は言った。植木、と男は名乗った。熱い夜を過した翌朝、海苔巻に茶をかけた茶漬けをかっこみながら、歌のつづきができた、と言い、

「三つとせ、民権自由の世の中に、まだ目のさめざる人がある、この哀れさよ」

と、さよの顔を見てちょっとからかうように笑った。

「民権自由ということを知っちょるか」

「いいえ」

「万民平等ということだ。男子にして権利あれば婦女もまた権利あるべしちゅうことだ」

そう言いながら女を買っている矛盾に、いっこう気のつかない、くったくのない明るさであった。

少しずつ、植木は身の上を問わず語りに語った。

安政四年、土佐藩の下級藩士の家に生まれ、藩校致道館で学んだが、そのとき、『輿地誌略』『西洋事情』などを読み、外の世界にむかって目を開かされた。

新しい西洋の思想、個人の権利を説く、自由民権思想に共鳴し、より深く学ぶとともに実践活動にたずさわりたいと、今年の正月上京した。

福沢諭吉、西周《にしあまね》、津田真道《まみち》、中村敬宇らの組織する明六社の演説会や、福沢の慶応義塾が主催する三田演説会などに通い、一方、六月ごろから湯島聖堂の東京書籍館《しょじゃくかん》などに通って読書にはげんでいる。この半年足らずのあいだに、ギゾーの『欧羅巴文明史』、内田正雄の『輿地誌略《よちしりゃく》』、加藤弘之の『真政大意』、福沢諭吉の『文明論之概略』、キリスト教の教義書『天道溯源《てんどうそげん》』など、七十数冊を読破した、と、さよの理解には遠いことを、眼を輝かし憑《つ》かれたように語る。

書物の名も内容も、さよにはまるでわからないけれど、この若い男が、新しい時代の息吹きを浴び、意気軒昂としているその歓びは、さよにもつたわってくる。

時代が変転するときの、あの大きないくさの傷を、この男は、少しも受けていない年齢なのだ。この男より何年か年上の者たちは、会津も土佐も江戸も京都も、勝者も敗者も傷だらけなのだけれど……。ことに、会津は、この男より年下の幼い者まで……。

十二月に入ると、植木の登楼はとだえた。会津は、勉学がいそがしくて、女遊びの暇もかねもなくなったのだろうか。さよは、最初の夜に一度灯し、三寸ほどになっている絵蠟燭を、時折、みつめる。

初会のとき植本と連れだっていた男が立花楼の見世格子の前に立ったのは、暮れも押し迫ったころだった。

格子越しに、男の方からさよに話しかけてきた。

「小夜衣ちゅうのは、たしか、おまえさんだったな」

「はい」

「海苔巻の茶漬けとやらの作り方を教えてくれ」

さよは思わずふきだした。

「いい書生さんが、何ですねえ。女郎屋の見世先で、お茶漬けの講釈を受けなさろうというんですか」

「植木が病院に入っちょってな」

「おぐあいが悪いんですか！」

「峠は越したと医者は言うのだが。先月の十六日か、急に大熱を発してな。勉学に根をつめすぎたのだな。ろくなものも食わんで本を読み演説会に通っちょったからの。医師に諭《さと》され、入院したのだが、一時は命も危いほどだった。それがようやく物を食えるようになったら、女郎屋の海苔巻茶漬けが食いたいとぬかしよった」

「あれは、残りものの始末なんですよ」

「そんなところで立話をしていないで、おあがんなはいよう」

牛が声をかける。

「かねがない」

男はにべもなく言ったが、みれんがましく格子の前から立ち去らない。

「後朝《きぬぎぬ》だから、あんなものでもおいしくめしあがれたんですよ。早く御本復になって、またお顔をみせてくださいと、つたえてくださいな」

さよは微笑して言った。

それからほどなく吉原は大火を出し全焼した。妓楼は深川富岡門前にうつり、二百五十日をかぎり仮宅営業することになった。

二月、淡雪に肩を濡らして、植木が深川仮宅の格子の前に立った。頬がこけ眼窩がくぼみ、一目で病み上がりとみてとれるが、表情には精気が溢れていた。さよを名指し、割り部屋に入った。

熱病はいったんなおりかけたのだが、またぶりかえし、友人が葬式の心配をするほどだった。しかし、もちなおし、一月十四日に退院した、と植木は手短かに語りながら、手は待ちきれぬように袴の紐をときはじめる。

性急で荒々しい情事の後、

「おまえは字は読めるのか」とたずねた。

「下宿屋で静養しているあいだに、世を啓蒙する一文を草して郵便報知新聞に寄送したところ、掲載されたのだ。読んでみろ」

枕元にたたんだ着物の上においてある新聞は、植木が懐に入れて持ってきたものであった。まだ湿り気が残っている。

下湯場に行って洗滌《せんじょう》してこなくてはと思いながら、さよは、腹這いになったまま、行灯をひき寄せた。読みなれた草双紙とちがい、植木が起草したという文章は漢語が多く、わかりにくい。『猿人君主』という奇妙な題が目をひいた。筆者の名は、植木枝盛としるされていた。

「猿が殿さまになるということですか」

「人を猿にする君主と読むのだ。その題は、報知新聞社の編輯人がかってに書きかえたのだ。わしは、『猿人政府』――人を猿にする政府――と記したのだが」

「政府が人を猿にするんですか」

「そうだ。政府は、著述議論の自由を制圧しようとする。ルーソウという人の説に、人の生るるや自由なりとある。人は、自由の動物なのだ。人民の自由は、天の賜にして、もし人にしてこの天の賜たる自由をとらざれば、天にむかって大いなる罪となり、自分にとっては大いなる恥となる。泥棒するも恥、偽をいうも間男するも恥だが、人民として、自由の権を得取らざるも、これと同じ恥なのだ。天の人を造るとき、才と力を与えくれた。しかるに、この才と力は大切なものではあるが、なおその上に、自由の権がなくては、いっこう、その働きがあらわれぬ」

植木の口調は、大勢の聴衆を前にして演説家が弁論するときのようになった。

自由民権という新しい思想を、何とか、人々のこれまでに持っている言葉、知識を使ってわからせようと、工夫をこらしているのだろう。

「元来、鳥には羽もあり翼もあるが、籠の中に押しこめられては、羽も翼もとんと役に立たぬ。人に貴き才あり力ありといえども、自由がなければ籠の中の鳥同様……」

うるさいぞ、書生っぽ。屛風でへだてた隣りの床から、職人らしい声がとんだ。

さよは、演説の内容はほとんど耳にとまらず、若々しく気負った声を快く聴いていた。

その後、数度登楼した後、植木の足は、またとだえた。

さよは、心残りはなかった。初会のときの鮮烈なよろこびは、二度、三度、四度と逢いを重ねるごとに薄れた。植木の若い気負いは好ましくはあったけれど、一人で天下国家を変革しようというほどの大言壮語は、さよにはなじめないものであったし、かねてさよを買い、存分にもてあそびながら、女も自由平等なのだと教えさとす口調に、かすかな反発を感ぜずにはいられなくなる。最初の逢いだけでとどめておけばよかった、と思う。妓の気ままにはならぬ事ではあるけれど。

妊《みごも》っていると気づいたのは、四月の中ごろであった。月のものがとまり、一日じゅう、舟酔いでもしているように気分が悪い。植木だろう、と、さよは思う。毎夜、三人も四人もの男を相手にするのだから、だれと名指しはできないのだが、事が終わればすぐに下湯場に行き、下《しも》を洗い流すようにつとめているのに、植木のときだけは、朝まで床にいたことが何度もある。月に三度、検黴《けんばい》会所で医師の検診を受けるよう、三年前から決められているのだが、黴瘡の検査なので、さよの妊娠は見逃がされていたようだ。

産む気なら、遣手や医師の目をごまかせなくなるまで黙っていればいい。周囲が気づいたころは、堕《お》ろせないほどに胎《はら》の子は育っているだろう。寮に行かされ出産し、一月ほど静養し、そのあいだは身揚りせねばならぬから借金がかさむし、赤ん坊は里子に出されるけれど、それを覚悟なら、産めないことはなかった。

妓たちが寄場で軀を休めている昼間、さよは下湯場に入った。客のいない昼間、ここならだれにも妨げられずに時をすごせる。夜は洗滌用の熱湯をみたしておく茶釜も冷えている。廓の中で一人でいられる場所といったら、手水場《ちょうずば》かここぐらいなものだ。さよは、短くなった絵蠟燭に火をつけた。植木との初会に灯して以来であった。ゆらめく炎をみつめながら、わたしは、母にはならない。女にはならない。――子を産み、男に、世間に、仕えるものを女と呼ぶのなら……。さよは、言った。この世に産み出すような酷《むご》いことは、できない。子は、無辺際の空で遊びつづけるがよい。女にはならねえのし。さよは、強引に言い切った。言い切る下から湧いてくる淋しさを、おさえこんだ。蠟燭は、かすかな音をたてて燃えつきた。

引手茶屋の見世先に、一間半もあろうかという張板が据えられ、その上に積まれているのは、山盛りの梅の実と薄塩に漬けた紫蘇《しそ》の葉である。若いのから姐《ねえ》さん株まで、芸妓がずらりと並び、ふだんは三味線を弾《ひ》く白い指が器用に動いて、若い妓が梅の実を割る、次の妓が種子を抜く、三番手が紫蘇の葉をのばし、その次のが葉に梅の実をのせる。最後に姐さん株のがすばやく四角に巻きあげる。芸者衆のあざやかな手さばきを眺めている。梅雨晴れの昼下がり、野次馬に混って、さよも、芸者衆のあざやかな手さばきを眺めている。見世張りがはじまるまでは暇なのだ。

母にはならぬ、女にはならぬ、と思いさだめ、子を堕《お》ろしてから二月《ふたつき》あまり経つ。油紙に包んだ小さい血塊を、海に葬ってくれと、出入りの女髪結いにたのんだとき、軀の奥に鋭い痛みを感じた。己れの一部が永遠に引き裂かれ、あとに癒《いや》しようのない空洞が残った。しかし、悔いはしない……悔いはすまい。女である無惨、生きる無惨と、女にはならぬと思い決める無惨と、どちらがよりいっそう酷いのか。

芸妓たちが巻きあげた紫蘇巻は、茶屋で甘く甘露煮にし、壺に詰めて目張りし、土用にひいき筋に配りものにする。

さよは、肩を叩かれた。植木が立っていた。

「お気の早いこと。まだ見世が開くには間があるんですよ」

言いながら、人の群れから少し離れる。

植木は顔色が悪いが、言葉つきはあいかわらず昂然と、

「二月《ふたつき》、入獄しちょった」と言う。

「にゅうごく？」

さよはききかえした。とっさには意味がわからなかったのである。

「あの、まさか……」

「鍛冶橋の檻倉に投じられておったのだ」

「牢屋ですか」

「そうだ」平然と言う。

「怕いか」

「いいえ」

会津の藩士は、いくさに負けたというだけで罪人になった。牢に入れるものより入れられたものの方が悪いとも怕いとも、さよには断じきれない。

「なぜ投獄されたか、たずねんのか」

「なぜですの」

「『猿人政府』が祟った。政府を君主と書き直した編輯人の方は、禁獄一年半だ」

そう言いながら、植木は邪気のない笑顔をみせた。

「檻倉は警視庁の北面にあってな、一房が四畳半ほどの広さだ。わしがおった房には、強盗犯やら殺人犯やらの未決者が九人同居で」

「四畳半に九人ですか！」

「わしを含めて十人だ」

「それじゃ、横になって寝ることも……」

「半風子《しらみ》がひどくて弱った」

と言いながら、いっこう弱ったふうではなく、

「新聞紙条例十二条を以て禁獄二ヵ月を命じられたが、刑が決まって艮《うしとら》二十二号房に投ぜられてからは、なかなか有益だったぞ。同房者はわしのほかに三人のみ、それも、わし同様新聞紙条例や讒謗《ざんぼう》律違反によって投獄された、思想犯ばかりだから、共鳴するところ大だった。書物を読む時間が十分にあるのがありがたいくらいだったな。出獄して以来、多忙でな、逢いにこれざった」

「あまりおいでにならない方がよござんすよ」

さよが言うと、そうか、と植木はきまじめにうなずき、

「かぞえうたが十六までできたぞ。十六とせ、牢屋のなかに憂き艱苦、惚れた自由のためなれば、このいとやせぬ」と唄った。

「自由とやらに惚れておいでなんですか」

自由のために、獄舎に縛されてもいとわぬという植木の言葉は、さよには理解できなかった。さよの単純な思考力では、自由と投獄はまるで反対なことのようにしか捉えられなかったのである。しかし、何か新しい重大なことをなそうとしている植木の激しい気概だけは、十分に感じとれた。

「今夜は、植木さんの出獄のお祝いに、小夜衣が身揚りで仕舞いをつけましょ」

さよは言った。廓のきまり言葉に通じていない植木は、よくわからないようだったが、つまり、わたしが自腹を切って、揚げ代を植木さんのかわりに内所に払い、朝まで植木さん一人のお相手をするんです、と言うと、無邪気によろこんだ。それがさよを縛る鎖が増えることになるのに、この若い男は気がつかないのだった。海に葬った血子を、さよは思い出していた。

「そのかわり、小夜衣を買うのは、これっきりになさいまし」

さよはこれまで、自分の前借金がいくらになっているのか、どのくらいの身代金が判人の手にわたったのか、たしかめたことはなかった。明治五年の娼妓解放令で前借は一応帳消しになったはずなのだが、それはたてまえで、何やかや名目をつけ、さよの前借金は、証文がそのまま残っている。

どうでもいいと思っていた。投げやりに一日がうつろい、同じような一日がつづき、身と心人形身のまま時が過ぎてきた。母にはならぬと思いさだめることができるほど、身と心に力がよみがえってきていたのだと、さよは気づく。そう決心することによって、何かが削りとられたけれど、同時に、付加されたものもある。

遣手に、今夜は客が仕舞いをつけるから見世張りには出ないというと、だれだい、その客は、と遣手は詰問した。深川に移ってから、竹の字さまはすっかりお見限りじゃないか。そりゃあ、吉原より足場が悪くて遠いかもしれないが、惚れて通えば千里も一里、そう思わせるのが花魁《おいらん》の腕だろう。会津の男も来なくなったね。こりゃあけっこうなことさ。すると、あと、だれだい、おまえさんにいれあげて仕舞いをつけようというのは。え、あの土佐っぽ？　いけないよ。あんな素寒貧《すかんぴん》に仕舞いをつける甲斐性があるものか。おまえさんが身揚りする腹だろう。わたしにはお見通しさ。悪足《わるあし》を持っちゃあいけない。前借がかさんで年季をのばさなくちゃならなくなるよ。

「今夜は、植木さんとわたしの、出獄の祝いです」

五布《いつの》の蒲団で植本に身を添わせ、さよは言った。植木の出獄を二人で祝う、という意

味に植木はとり、よろこんだが、ふと気づいて、

「おまえも年季が明けるのか」

と訊いた。

「いいえ。年季は内所が決めたこと。わたしは、出たいときには出て行きます」

「身請け話が決まったのかな」

さよの言葉を、植木はそれ以上気にとめず、性急に長儒袢の裾をかきひらいた。

半ば死んでいるときは、ほとんど辛さは感じないですむ。身のうちに充ちてきている力に気づいた今、年季明けまでのあと三年を、もう一度仮死しなくては、過ごせはしない。仮死は、なろうとしてなれる状態ではなかった。植木は獄を出た。わたしは獄を出ようと決めた。その心祝いであす。

しかし、出たいときに出られる場所であるなら、廓を苦界《くがい》とだれも呼びはしない。足抜けしようとして捕えられた女郎がどのような責め折檻を受けるか、さよもこの七年の間に何度か目にした。

植木の痩せて肋《あばら》の浮いた胸に、さよは指を這わせる。

巷《ちまた》である。

富岡八幡宮から永代寺にかけての一帯は、女郎屋、茶屋、料理屋が軒をならべる色の巷《ちまた》である。

八月十五日、八幡の祭社に、恒例の行列が道すじを練り歩く。それぞれの町が趣向をこらし、たとえば、一番の蛤町は、曳物は紅葉に秋草、楽車《だし》は竜宮城を模し、石清水神事供養をまねて、芸者衆が仕丁と公卿の扮装で行列する。

大島町は曳物に暮春の野草、行列は花見帰りの『鏡山』の心で、振袖の腰元、姫君、中臈、下女。しんがりを茶坊主が奴凧をあげながら練って行く。

中嶋町は大津絵の曳物に行列は伊勢音頭、楽車は弁慶。霊岸島は実朝と公暁の故事を踏まえた鎌倉大名鶴ヶ岡参詣の練物、南新町は大鈴の曳物と、趣向を競うなかで、今年は、花魁道中が見物の目を惹く。

仮装ではない。火事で吉原を焼け出され深川に仮宅をかまえた正真の花魁衆が、花の吉原仲之町の道中をそのままお目にいれるとあって、それでなくとも賑やかな祭礼を、いっそう浮きたたせていた。仮宅の側とすれば、深川女郎に客足をとられがちなのを、一気に吉原景気を盛りあげようという広告《ひろめ》の手段である。

吉原の遊女ならだれでも道中ができるというわけではない。大籬、半籬の座敷持ちでなければ、道中をする資格がないのである。さよがつとめる立花楼のような小見世の女郎は、花魁道中とは縁がないのだけれど、この日は総出で見物をゆるされた。

角海老や稲本楼、大籬の全盛の花魁が、髪は立兵庫に結い上げ、金銀縫いとりの裲襠《しかけ》、肩に丹頂の鶴、背から裾にかけては蓑亀の縫いとり、その蓑の金糸銀糸の尾を地に曳いて、新造だの禿だのをお供に、八文字を踏んで練り歩く。

さよは、気分が悪いからと見世に居残った。内所の主人や怕い遣手までが気もそぞろに浮き立ち祭礼に出払うこの日ほど、脱出に適したときはない。

客が揚代とは別にくれる祝儀が、路銀に足りるほどには溜まっている。おなつに連れられて上京してきたときは、すべておなつがとりしきった。さよは、あたりの風物も心にとまらなかったのだが、足抜けすると心を決めてからは、ひそかに道中細見を読み、旅に必要な品々を、ととのえていた。おはぐろどぶでかこまれ出入りの厳重な吉原とちがい、万事手軽な仮宅は、監視の目もゆるやかだった。秋には仮宅をひきはらい、吉原に戻るという話を耳にしている。

人気《ひとけ》のない寄場で、さよは路銀を胴巻に巻きこみ肌につけた。

東京から今市まで、日光街道を三十六里、その先はなじみ深い下野街道に入り、大内宿までほぼ十八里、むりをせずに歩いて半月あれば行き着けるだろう。

着替えも持たず、身軽なかっこうで、さよは、

「ちょいと道中を見物してきます」

と、厨《くりや》で働いている下女に声をかけ、素足に下駄をつっかけ、裏口から外に出た。

吉原とちがい、塀でかこわれていないのがありがたい。

人出でにぎわう八幡宮の境内には入らず、三十三間堂の裏をぬけて、北に道をとる。

小走りになりかけるのを、これではかえって怪しまれると、はやる心をおさえて、そぞろ歩きのようにさりげなく歩む。途中、顔見知りに声をかけられるが、今日は女郎衆も祭り見物とみな心得ているから、まさか逃亡の第一歩とは、だれも思わないようだ。人の多い道を選んで歩いた。その方が怪しまれない。亀久橋を渡るころから、足が早くなる。手拭いを横流しにかぶって顔をかくした。

「おや、立花楼の……」

すれちがった職人が声をかけた。さよは、思わず走り出しそうになったが、逆に足を

とめ、手拭いをとって小腰をかがめた。

「暮六つになったら見世に出ますから、遊びに来てやっておくんなさいよ」

「見世にゃあ内緒で、いまから、どうだい」

「そんな、外でお相手などしたら、わたし、折檻ものですよ」

「うしろ手にくくられの、割竹で打っ叩かれの、かい」

「とんだ明烏ですよ」

色里の七年の歳月は、軽口をさよにおぼえさせていた。

「祭囃子に浮かされて、ずいぶん遠出じゃないか」

「いえ、ついそこの真光寺さんの裏まで」

「送っていってやろうか。姐さんと道行きも、しゃれたもんだ」

返答に窮したさよに、

「姐さん、ひょっとして、何かい、お祭り騒ぎにまぎれて、間夫《まぶ》としのび逢おうってのかい」

「兄さんの俠気《おとこぎ》におすがりします。ほんのちょいとね。病んでいるってきいたものですから、見舞いに。見世張りまでには必ず帰りますから」

「そうかい。そんな果報なやつがいるのかい。畜生。まあな、俠《おとこ》と立てられちゃあ、一肌ぬがねえわけにゃあいかねえな。早いとこ行ってきな。そのかわり、今夜は」

「はい、兄さんひとりと」

「嬉しがらせを言うぜ。本気にするぜ、こっちは。ところで、だれだい、姐さんの間夫ってのは。いや、聞くのは野暮か」

「すみません」

男の追及をのがれ、足を早める。背も腋の下も汗が溢れ流れた。

小名木川にかかる高橋を渡り、本所に入る。森下町をぬけ、二之橋を渡り、回向院裏まで一気に歩いて、ようやく息をついた。まず、草鞋と足袋を買った。


くっく、くっく、と轆轤のきしむ音を、雪の降り積んだ闇川沿いの道を一条谷にむかいながら、さよは思い出す。その音は、さよの心をはずませる。

半月もあれば十分とみこんだ旅が二月半もかかったのは、途中、今市で病んで、路銀が尽きたためである。医者の払いと長びいた旅籠代に、持ちがねを洗いざらいはたいても、不足した。さよは旅籠の主人にたのみ、自前で客をとり、揚代を折半する契約で短期の色づとめをし、不足分を返した上で、更にその先必要な路銀を稼ぎ溜めた。

大内宿に入る前に、雪になった。

生家の前は素通りした。焼けた跡に豪壮な家が建ち、藁屋根は雪をかぶっていた。蠟釜屋や土蔵は、もとのままであった。

闇川沿いにさかのぼり、この度は、狼煙《のろし》をたいて案内を呼び求めることもなく、弥四郎の家の前に、さよは、立った。

「お晩ないやした」

声をかける。戸を開けたのは、弥四郎の女房であった。さよにけげんそうな目をむける。

「横山家《え》のさよだがなも」

ひゃあ、と女房は声をあげた。

「東京さ行ったときいとったがなも。まず、あがらんしょ。凍《し》みたべし」

「弥四郎さ、いらはったかなし」

「いるんし。まずはァ、あがらんしょ」

轆轤の音がやみ、弥四郎が出てきて、土間に突っ立った。

「おさよｺ！」

木屑だらけの眼尻の皺がゆっくりと、深くなった。

前にも、同じようなことがあった……。さよは、時がちぢまり、七年前にたち戻ったような気がした。

春になるまで、ここさ泊まってろ。弥四郎は言い、女房も、熱い味噌汁を椀に盛りながら同じことをすすめた。

弥四郎と女房は、七年前とそれほど変わってはいなかったが、囲炉裏のへりに膝を並べた三人の子供は、別人のようだった。長男はすでに十九か二十の屈強な若者だった。七つぐらいの切り髪の女の子が、あのときえじこに入っていた赤ん坊だろう。その赤ん坊をあやしていた小さい女の子が、さよが鷹の雛を弥四郎といっしょにとりに行ったときと同じ年ごろの、十二、三になっている。

「そうはしらんねのし」

さよは微笑して言った。

東京で色を売って暮らした七年の歳月が、いやおうなしに、さよの軀に艶を与えている。廓にいるときそれを意識したことはなかったが、旅のあいだ、さよを見る男たちの眼に、思い知らされた。堅気の女なら持ちようもない頽《くず》れた色気は、さよの意志にかかわりなく、男に淫らな欲を呼び起こす。

弥四郎と長男、二人の男の眸《め》に、自分がどう映っているか、さよには読みとれてしまう。長男がさよを見る目の危険な熱っぽさに、母親は気がつかないのだろうか。色ごとには無縁で、さよを稚ない子供を見るようにしか見なかった弥四郎でさえ、男が女を値踏みするときの濡れた眸《め》になっている。

気のいい、朴訥《ぼくとつ》なこの女房がいないのなら、男たちの望みを叶えてやるのに、さよは少しのためらいもなかった。しかし、おだやかな家族を傷つけることはできない。

弥四郎を、好きだった。いまも、好きだ。そうして、若いころの弥四郎にそっくりな長男を、同じように好きだ、と、さよは自分の心のありように気づく。

植木という若い土佐っぽにはじめて床をつけたときのような、めくるめく烈しさはないけれど、はるかに深く、弥四郎を、好きだ。弥四郎の軀を悦ばせるために、廓で仕込まれた床わざの限りをつくしてやりたいとさえ思う。

「弥四郎、おれに小屋さ建ててけねべか」

少女のときの口調で、さよは言った。

「ま一度、鷹さ仕込む」

そのために、帰ってきた。

木地師が泊まり山に造るような、小さい頑丈な小屋を、建ててもらう。七年前に挫《くじ》けたことを、もう一度、やり直す。

そう思いながら、その小屋で弥四郎に抱かれたら、どれほど深いしずかな女の悦びを得られることかと思い、決して、そんなことはあってはならぬ、と心に刻みこむように思った。弥四郎の女房の手は、手斧で傷つけた痕が皺のように幾すじも残っている。母にはならぬと思いさだめ海に流した血子を、さよは意識にのぼらせた。

宿場で、色で稼いだかねは、路銀に使ってもまだあまっている。それを、さよは弥四郎夫婦にわたした。小屋を建てる費用《かかり》と、当座の食い扶持である。

「おさよさ、東京でお屋敷づとめしておんなったと？　ええ給金もらっておんなったなも」

女房は、無邪気に目をみはった。お屋敷づとめとは、叔父が世間態をごまかすために、そう言いふらしたのだろう。

上の娘が、からになったさよの茶碗をとり、カテ飯《めし》をよそった。

翌日弥四郎は、小屋を建てる場所を探しに山に入った。さよは同行しなかった。弥四郎と二人きりで山中を歩きまわったら、求めあわずにはいられなくなる。さよは、耐えた。

夕方戻ってきた弥四郎は、

「ええ場所をみつけた」

と告げた。弥四郎も、心のなかにめざめたものに気づきはじめ、困惑しているようにみえた。

次の日、弥四郎は仲間を呼び集めた。彼らは烈風のなかで樹を伐り出し、穴を掘り下げ底石を入れて柱を据え、小屋組みはわずか一日でできあがった。

屋根を葺き壁を張り、土間に竈を築くのに更に一日かかった。小屋の一部には、光の入らない鷹部屋を作ってもらった。これだけは、木地師の小屋にはないものであった。

鷹を捉え、仕込み終わるまでは、獲物が手に入らないのだから、それまでをささえる食糧も、弥四郎がととのえてくれた。弥四郎の住まいからは二里ほど山中に入った場所である。崖を背にした陽だまりであった。

弥四郎といっしょに食糧をはこんできた長女が、

「鷹さ使うのけ」

と、畏敬と好奇心の混った眼でささやくように訊いた。

鷹について、この少女に語ろうとして、さよは思いとどまった。鷹に憑かれるのは、おだやかな暮らしから足を踏みはずすことであった。

弥四郎たちが帰ってゆき、小屋に、さよはひとりになった。竈に赤々と火をおこし、まだ空《から》の鷹部屋の仕切戸を、さよは開け放した。

風が鳴り、小屋をゆるがした。

二本の擌《はご》を雪に突き立て、さよは、鷹の飛来を待つ。何日も山中を歩きまわり、巣をみつけた。その近くに罠を仕掛けたのである。黐の木の皮を煮出して黐を作り、竹に麻を巻きつけた上に塗り、囮《おとり》の山鳩を捉えるあいだ、周吾を身近に思い出していた。周吾と、もう少しやさしい時を持てていたら、と、仄かに思う。その思いは、じきに薄れた。

梢の雪を烈風が吹き下ろした。

囮の鳩はとび立とうと羽搏くが、細紐で片羽の根元を縛られているため、あがくばかりである。さよは、ただ、無心に待つ。

晴れていた空が翳《かげ》りはじめた。山の天候は変りやすい。吹きつけてくる風に粉雪が混った。――今日はあきらめてひきあげた方がいいだろうか……。

舞う粉雪が白さを増した。そのなかに、薄墨色の影が見えた。たちまち近づく。

雪煙が舞い上がった。二本の擌はねとんで倒れ、鳩を押さえこんだ鷹の翼にねばりついた。

さよは走り寄り、擌に身の自由を奪われた鷹の肢を片手で一握りにつかみ、もう一方の手で肩衣をかぶせようとした。鷹は死にものぐるいの力で羽搏いた。かがみこんださよの眼を、勁い翼が撲《う》った。思わず手を放し、のけぞってころげたさよの顎に鷹の爪がかかり、瞼にむかって引き裂いた。次の瞬間、爪は首すじにくいこんだ。力がこもった。

痛みはなかった。肉をちぎるほどにつかんだ爪の力で、瞬時に、さよの軀はほとんど死んだ。意識だけが明晰だった。流れ溢れ雪に吸われてゆく血の音を耳の底に聴いた。軀の上に、限りない時の向うから、雪が降り積もる。

——鷹に、いのちを還《かえ》している……。

瞼の裏にまっ青な空がひろがり、眸《め》んなかに、空があるじゃ。少女の澄んだ声がひびく。

巻末エッセイ

鷹のゆくえ

四囲を山々にかこまれた盆地の中心にある若松の町は、かつては、放射状にのびた五本の本街道と二十五筋の小道によって、他領に通じていた。

大内宿は、本街道の一つ、下野《しもつけ》街道に、いまだ古い宿場町の俤《おもかげ》を残している。訪れたのは、去年の秋、紅葉にはまだ少し早かった。しかし、そのために観光客の姿はなく、古い時代の息づかいを感じることができた。

今年九月に、『会津恋い鷹』という長篇を上梓したが、去年の会津への旅は、その取材のためであった。

鷹という鳥に、なぜか、以前から心惹《ひ》かれていた。どういう物語をいつ書こうというあてもないころから、鷹に関する資料が目につけば集めてもいた。

前作『恋紅』の資料を読んでいたとき、染井のあたりに御鷹部屋というものがあることを知った。将軍が鷹狩につかう鷹を、鷹匠《たかじょう》が飼育調教する場所である。幕末から維新にかけての幕府瓦解《がかい》の時に、御鷹部屋も閉鎖されたはずだ。そのとき、飼われていた鷹はどうなったのだろう。

そのあたりから、物語が動きはじめた。

鷹。鷹匠。鷹匠の女房。

鷹匠の女房を中心におき……と、少しずつ物語が結晶しはじめたとき、舞台を会津にとることを思いついた。

子供のころから白虎隊の歌でなじんでいた地である。また、中公新書の『ある明治人の記録』などによって、会津藩士の痛恨も、強く心にきざまれていた。

維新の時期、会津ほど悲惨な苛酷なめにあわされた藩はない、と、あらためて資料を読むごとに、その思いは深まった。

戦いの皺寄せは、会津のなかでも更に、弱いものへ弱いものへと、おしつけられたようだ。

そういうなかで、時代の動きに流されず、ただ自分の本然のありようを大切に生きようとする女。

その女の出自を、肝煎《きもいり》の娘に設定した。

当時の肝煎は、豪農であると同時に、藩の下役人の仕事を兼ね、産物の集荷販売と、商人の仕事もし、また、高利貸しも行なう。

女の家を、この複雑な性格を持つ豪農とすることによって、女——といっても、最初は少女だけれど——は、重層的にものごとを視る立場におかれる。

女は少女のとき鷹の雛《ひな》に心を奪われ、後、会津藩の鷹匠の妻となる。

生地を会津のなかでも南山御蔵入としたのは、この地が、もともとは藩領ではなく、幕領であり、藩の預かり地になったり藩領にくみ入れられたり、そのときそのときで揺れ動いたからである。外からの力によって、生の基盤がゆるがされたわけだ。

若松城下の地図をしらべ、鷹匠町、及び御鷹部屋の文字を見たときは、想像が事実で裏づけられたようで嬉しかった。

南山御蔵入のあたりを取材しようと、大内宿に一泊した。

街道に沿って、藁葺《わらぶ》きの家並が両側に整然と並んでいる。昔の宿場は、いまは民宿として旅人をあたたかく迎え入れてくれる。

昔ながらの建物を保存するのは、現代では、そこに住み生活する人々には、ずいぶん面倒な、経済的にも負担のかかることと思われる。しかし、たまさか訪れる者にとっては、贅沢《ぜいたく》この上ない宿である。

設備のととのった新しいホテルは、どこの土地でもみられるが、一度失なってしまった『時』は、とりもどしようがない。

その、ほとんどの場所で消滅しつつある『時』が、この宿場町には、まだ、ゆたかに残されていた。残すための、土地の方々の御苦労を思いながら、金銭ではあがなえない贅沢を享受させていただいた。折があったら、再度訪れたい土地である。

「ザ・会津　戊辰戦争への旅」１９８６年12月　歴史春秋社

『鷹』を生きる

鷹匠というのは、大振袖、前髪立ちの優雅なお小姓だと思っていた。大津絵や泉鏡花の『天守物語』の登場人物から、たいそうロマンティックな姿をかってに思い描いていたのだった。

〈鷹〉という鳥のイメージが、浪漫好みの私には、実に魅力的であった。古書店で『放鷹』というタイトルの分厚い本を見たとき、即座に買った。鷹狩にもちいる鷹の仕込み方などを具体的に記した興味深い内容だった。その後、しばらくして、江戸時代の鷹匠の日記を翻刻した薄っぺらな本をみつけた。

まことにリアルに、鷹匠の貧しい日常生活が書かれてあった。

この二冊の本は、振袖のお小姓姿の鷹匠というロマンティックな夢想を私から奪ったかわりに、より魅力的な鷹と人のかかわりを教えてくれた。

現代の鷹匠が鷹を仕込むところを記録したヴィデオも、手に入った。

鷹のさまざまな写真をみていたとき、雛鳥の羽毛が、真っ白いこと、そうして、眼が青く澄んでいることに、驚きと感動をおぼえた。

鷹を飼い馴らすということは、鷹の命を削ることだ、とも知った。

これだけ揃ったら、鷹の物語が生まれずにはいない。

幕府瓦解のとき、江戸のお鷹部屋も消滅したはずだ。そのとき、飼われていた鷹はどうなったのだろう、と思い、連想は、幕府にその鷹を献上する役をおおせつかっていた会津藩の鷹や鷹匠に及んだ。

鷹に、私は魅入られた。

私自信の鷹への思いを投影させる主人公は、まず、少女で登場しなくてはいけない。

会津の豪農の娘、という設定が、自然に生まれた。それが下級武士である鷹匠に嫁ぐ。生まれながらの武士の娘のように藩の運命に殉ずることは、この娘は、しない。決してしない。

世の成り行きという抗いようのない激流に流されまい、鷹と自分だけの世界を守ろうとする娘は、戦争、敗戦、戦後民主主義、と、めまぐるしく変動する世相の中でうろうろしていた私の、正反対の像だ。

『会津方言辞典』と『福島県方言辞典』の二冊によって、当時の会話をまなび、会津の言葉の美しさにも惹かれた。

いまは、もう、土地の人からも忘れられた言葉が多いことだろう。

私自身は、確固としたものを持てなかったから、逆に、物語の主人公には、〈絶対〉を求めさせたくなるのだろう。この物語を書くあいだ、私は、鷹とさよの生を、共に生きたのだった。


「IN★POCKET」1993年8月号　講談社

『会津恋い鷹』覚え書き

初刊本　講談社　昭和61年9月　※書下し長篇

再刊本　講談社文庫　平成5年8月

（編集　日下三蔵）

春陽文庫

会津恋《あいづこ》い鷹《だか》

2024年12月25日　初版第1刷　発行

著　者　皆川博子
発行者　伊藤良則
発行所　株式会社春陽堂書店
〒一〇四―〇〇六一
東京都中央区銀座三―一〇―九
KEC銀座ビル
電話〇三（六二六四）〇八五五（代）
印刷・製本　中央精版印刷株式会社

乱丁本・落丁本はお取替えいたします。

本書のご感想は、contact@shunyodo.co.jpにお願いいたします。

定価はカバーに明記してあります。

ISBN978-4-394-90499-1 C0193